Bókmenntasjóður
The Icelandic Literature Fund

Die Veröffentlichung dieses Buches wurde finanziell unterstützt durch: Bókmenntasjóður, Isländischer Literaturfonds.

Umschlag und Layout: Gudrun Fröba
Druck und Bindung: Pustet, Regensburg
ISBN 978-3-88747-247-4

Indriði G. Thorsteinsson

Taxi 79 ab Station

Aus dem Isländischen übersetzt
von Betty Wahl

: TRANSIT

EINS

Es war ein Abend im Mai. An diesem Tag waren vier Düsenmaschinen über Reykjavík geflogen. In beträchtlicher Flughöhe hatten sie die Stadt überquert, und kaum jemand beachtete sie; an das ständige Pfeifen der Triebwerke hatte man sich längst gewöhnt. Die Maschinen waren im großen Bogen westlich über den Faxaflói geflogen, dann über der Halbinsel Reykjanes heruntergegangen und schließlich auf dem Flughafen von Keflavík gelandet. Es war ein ruhiger Abend.

Drei Männer betraten die Hotelhalle und nahmen am Tisch unter der Zimmerpalme Platz. Sie bestellten eine Runde Doppelte, kippten sie hinunter und ließen sich gleich noch einmal nachfüllen. Einer von ihnen war Martinez, Unteroffizier der amerikanischen Luftwaffe. Die beiden anderen, der Kleine Mann und der Uhrmacher, waren seine Kameraden und schienen viele der Anwesenden zu kennen. Es hatte geregnet, und nun hingen zähe

Nebelschwaden in der Luft, obwohl es noch am Morgen sonnig gewesen war. Im Hoteleingang glitzerte es feucht in den Haaren der hereinkommenden Gäste. Der Straßenlärm drang nur gedämpft durch den Nebel und war für das Grüppchen unter der Palme kaum zu hören. Der Kleine Mann erhob sein Glas. Er war in irgendeinem Ministerium beschäftigt, schon sein Vater hatte in schweren Zeiten einen Ministerposten bekleidet und dabei wenig Dankbarkeit geerntet. Mit dem erhobenen Glas in der Hand wandte er sich jetzt an Martinez: Sein Name erinnere ihn an Rum, aber daran war Martinez schon gewöhnt. Er stammte aus einer spanischen Familie, war klein und dunkelhaarig, mit gelblicher Gesichtsfarbe, einer breiten Nase und tiefbraunen Augen. Auf seinem Haar lag ein bläulich schwarzer Schimmer. Er habe gar nicht gewusst, einen so bedeutungsvollen Namen zu tragen, sagte er und strich sich über seine rabenschwarz glänzende Mähne. Seine Vorfahren seien vor langer Zeit auf den Spuren des Kolumbus übers Meer gesegelt. Die hätten den Namen Martinez getragen und alle seien sie gedrungen und schwarzhaarig gewesen, breitnasig und mit braunen Augen. Erwartungsfroh hatten sie ihre alte Heimat verlassen, denn im Land des Kolumbus, so hieß es damals, gäbe es Gold in Hülle und Fülle. In weiß getünchten Tavernen, wo fette Gastwirte unter trüben Lämpchen servierten, hatten sie bärtige Männer, die nach Westen über den Ozean gesegelt waren, vom Gold erzählen hören.

Bevor getanzt wurde, war der Saal hell erleuchtet gewesen, doch kaum hatte der Geiger den Bogen angesetzt, wurde das Licht gedämpft. Die Trommel gab ein paar Schläge vor, dann setzte mit tragendem Rhythmus die Melodie ein. Die drei erhoben wieder ihre Gläser, und Martinez erzählte von Rosalind und dem Jungen. Er zog Fotos von ihnen hervor, und die beiden anderen fanden Rosalind wunderschön und den Jungen prächtig geraten. Dann stießen sie an, auf Rosalind Martinez in Denver, Colorado, und auf Carlos Martinez, ihren Sohn.

Ein junges Mädchen stand an der Bar und wartete darauf, dass der Kellner ihr einen Sitzplatz an einem der Tische zuwies. Martinez schaute zu ihr hinüber, doch sie sah schnell weg und starrte vor sich auf den spiegelblanken Bartresen, der ihr Gesicht schemenhaft zurückwarf, zerstückelt von Kratzern und Scharten zahlloser Messer und Gläser. Hartnäckig fixierte sie die Tischplatte, ihr entstelltes Spiegelbild mit dem undeutlichen Schatten ihrer vollen Lippen. Als sie seinen Blick nicht mehr auf sich spürte, öffnete sie ihre Handtasche, betrachtete sich im Taschenspiegel auf der Innenseite der Lasche und zog sich sorgfältig die Oberlippe nach. Martinez beobachtete, wie sie zwischen den Tischen hindurchlief, mit großen Schritten, dem Kellner dicht auf den Fersen. Er hatte Frau und Sohn wieder in seiner Brieftasche verstaut und dachte schon längst nicht mehr an Denver, Colorado. Er bat die anderen ihn für einen Moment zu entschuldigen und stand schnell und etwas ungeschickt auf, ohne seinen Stuhl nach hinten zu schieben. Die anderen sahen, wie er das Gleichgewicht verlor, schräg nach hinten kippte, durch die Luft segelte und dann flach auf dem Boden aufschlug. Die Palme hatte er im Fallen mitgerissen. Die Kellner eilten herbei und richteten den Baum hastig wieder auf. Erde war auf den Fußboden gekippt, wurde zusammengekehrt und wieder im Blumenkübel festgeklopft. Martinez rappelte sich hoch, Gesicht und Brust mit Blumenerde verschmiert, sie klebte an seiner Wange und rieselte aus seinem Ohr. Drei Kellner wedelten eilfertig mit ihren Handtüchern an ihm herum und baten ihn gleichzeitig um Entschuldigung. Er lächelte und sagte, es sei vollkommen in Ordnung, doch einer von ihnen folgte ihm bis auf die Toilette, um ihn noch gründlicher zu säubern. Er bürstete ihm über die Wange, pulte ihm die Erde aus dem Gehörgang und wischte ihn feucht ab. Dann trocknete er ihm das Gesicht und fegte ihn gewissenhaft von oben bis unten sauber, zwischen den Knöpfen, unter dem Kragen und auf den Schultern. Als er damit fertig war und sich verbeugt hatte, konnte Martinez endlich auf dem Örtchen verschwinden. Als er wieder an den Tisch kam, waren die anderen schon bei der nächsten Runde.

— Wie wär's mit einem Tanz?, fragte Martinez.

Sie hatten sich schon, bevor sie ins Hotel gekommen waren, so einiges genehmigt, und die drei Doppelten hier hatten sie nicht gerade nüchterner gemacht.

— Such dir nicht die längste Bohnenstange aus, sagte der Kleine Mann, — bei deiner Größe. Einen kleinen Scherz ließ er sich ungern entgehen.

— Na klar gehst du tanzen, sagte das Uhrwerk.

— Klein und fett, lang und dürr, wie auch immer. Die eigene Frau in weiter Ferne, und das schon ein ganzes Jahr: Wer wollte da wählerisch sein?, seufzte Martinez. Er dachte an das Schlafzimmer zuhause und an die Nächte mit Rosalind kurz nach der Geburt des Jungen. Das Lämpchen am Bett hatte die ganze Nacht über gebrannt, von Zeit zu Zeit ließ der Junge ein Wimmern hören, und dann gab sie ihm die Brust. In diesen Tagen war in ihrem Leben für nichts anderes als für den Kleinen Platz gewesen. Er hatte sie auch nicht berühren dürfen, bevor sie sich von der Geburt erholt hatte und sie wieder zärtlich zu ihm sein konnte, ohne dass es ihr unangenehm war. Inzwischen war der Junge sicher schon richtig groß und ins andere Zimmer umgezogen. Martinez stand auf, rückte seine Krawatte zurecht und drückte die Zigarette aus.

— Einen trinken wir noch, bevor du tanzen gehst, sagte der Kleine Mann.

— Na schön, antwortete Martinez, setzte sich wieder und dachte nicht länger an Frau und Kind.

— Ihr solltet die Finger von den Mädels lassen, sagte der Kleine Mann. Der Kellner eilte herbei und füllte die Gläser nach.

— Wir sind doch keine Eunuchen!, gab Martinez zurück.

— Die Army ist das einzige verdammte Problem, sinnierte der Kleine Mann. In der Politik kannte er sich aus.

— Auf die Probleme!, rief Martinez, und der Kleine Mann fand, etwas mehr Ahnung von Politik könne ihm nicht schaden.

— Es mag ja sein, dass Ihr es nur gut meint, dass ihr bloß nichts zu essen kriegt und übernächtigt seid und allein deshalb so stumpf und verbissen in die Welt guckt. Aber trotzdem...

— Was?, fragte Martinez.

— Nichts. Die Höflichkeit der kleinen Staaten, sagte das Uhrwerk.

— Jetzt geh ich aber tanzen!, verkündete Martinez. Die beiden anderen waren überzeugt, dass er von Politik nicht die Bohne verstand. Martinez stand auf und hob sein Glas. Seine braunen Augen blickten ruhig, und die rabenschwarze Mähne glänzte.

— Auf die Höflichkeit der kleinen Staaten!, rief er. Die anderen lächelten, als er sein Glas absetzte und sich in Richtung Tanzfläche aufmachte. Ein paar Tische weiter blieb er stehen. Das Mädchen schaute an ihm vorbei und tat so, als habe sie nichts mitbekommen. Er streifte sie wie zufällig an der Schulter. Sie sah ihn an und schüttelte den Kopf. Dann verbeugte er sich vor ihren beiden Begleiterinnen, aber auch die wollten nicht tanzen. Das Mädchen von der Bar war nirgends zu sehen.

Als er an den Tisch zurückkam, sahen sie schon von weitem,

dass er gekränkt war, und schauten angestrengt beiseite. Kurz darauf prosteten sie sich wieder zu. Er dachte an zuhause, an die Streifzüge Sonntagmorgens in den Wiesen oberhalb der Farm, wo es von Kaninchen nur so wimmelte. Old Jones hatte gute Jagdhunde gehabt, wie oft war er von ihrem aufgeregten Gekläffe in aller Frühe aus dem Schlaf gerissen worden. Kaum waren sie oben auf der Anhöhe, wurden die Hunde losgelassen und fegten sofort durchs Gestrüpp davon. Diese Kaninchen waren ziemlich widerspenstig, nur frische und unverbrauchte Hunde taugten zur Jagd.

— Ich nehme an, sie wollten nicht, weil ich Soldat bin, vermutete Martinez.

— Wer weiß das schon, sagte das Uhrwerk.

Martinez verzog das Gesicht.

— Verdammter Bockmist, brummte er, noch immer beleidigt, und die beiden anderen wussten, dass es dazu nichts weiter zu sagen gab.

— In Shanghai waren sie da entgegenkommender, sagte Martinez, nun wieder mit einem Lächeln. Der Uhrmacher lehnte sich auf seinem Stuhl nach vorne.

— Haben sie nicht auch sonderbare Uhren, dort in Shanghai?, wollte er wissen.

Sie prosteten erneut.

— Wie waren sie denn?, fragte der Kleine Mann.

— Reizend waren sie. Es war ein original japanisches Haus, und wir waren lange auf See gewesen.

— Das war sicher ein Mordsspaß, nach so langer Zeit, sagte der Kleine Mann.

— Sie pudern sich am ganzen Körper, und hinterher sieht man aus wie der reinste Mehlsack.

— Aber Uhren hast du keine gesehen?, fragte das Uhrwerk.

— Ich kann mich nicht erinnern.

— Die Chinesen machen ganz hervorragende Wanduhren, sagte er. — Sie sollen begabte Holzschnitzer sein.

— Du verwechselst da was, korrigierte der Kleine Mann. — Die Chinesen sind begabte Porzellandreher.

— Ein uraltes Kulturvolk, ergänzte das Uhrwerk.

— Am ganzen Leib waren sie gepudert, sagte Martinez. — An ihrem ganzen verdammten Hurenleib. Dann kippten sie noch ein paar Doppelte, mittlerweile war es spät geworden. Martinez hatte die Ellenbogen auf den Tisch gestützt und fühlte sich pudelwohl. Die beiden anderen begannen zu singen, er hörte zu, bis der Hotelportier an ihren Tisch trat und sie daran erinnerte, dass es Zeit war zu gehen. Der Kleine Mann und das Uhrwerk ließen ihren Gesang jäh verstummen und gingen hinaus. Sie schlenderten über den Hotelvorplatz und ließen sich auf einer der Bänke unter der Statue nieder. Vom Meer wehte ein kalter Nachtwind, sie redeten nicht miteinander und zogen die Köpfe fest in ihre Mantelkrägen.

Martinez blieb allein zurück.

Jemand klopfte ihm leicht von hinten auf die Schulter. Er sah sich um.

— *Hi there.*

— *Hi*, Sanchez.

— Was gibt's Neues?, Sanchez setzte sich zu ihm.

— Nichts Neues, antwortete Martinez.

— Warum setzt du dich nicht zu mir rüber.

— Hast du ein paar flotte Käfer?

— Ich hab zwei Damen am Tisch. Und das ist genau eine zu viel, sagte Sanchez.

— Ist sie hübsch?

— Sie hat was.

— Viel?

— Genug.

— Okay, sagte Martinez. Sie gingen zum Tisch hinüber. Er konnte die Mädchen nur verschwommen erkennen. Eine von ihnen lachte, als er näher kam, das musste die sein, die Sanchez ihm zugedacht hatte.

— Kalifornien, ich komme!, rief er und legte dem Mädchen seinen Arm um die Schultern.

Geige, Klavier und Trommel verstummten. Der Geiger legte sein Instrument in den Kasten, nahm das kleine Samtkissen unter dem Kinn hervor und verstaute es ebenfalls. Im Saal gingen die Lichter an. Martinez behielt das Mädchen im Arm. Er führte sie quer durch den Saal, in die Eingangshalle und hinaus auf den Gehsteig vor dem Hotel. Sie überquerten den Vorplatz, gingen zur Statue hinüber und setzten sich auf eine Bank. Martinez küsste sie, aber es machte ihm keinen rechten Spaß. Er hatte auch keine Lust, sich mit ihr zu unterhalten, sondern ging zu dem kleinen Rasenstück hinüber und legte sich dort kurzerhand ins Gras. Sobald er lag, hatte er sie schon vergessen, und er bemerkte auch nicht, wie seine Freunde an ihm vorbei in Richtung Straße liefen. Sie hatten beobachtet, wie Martinez das Mädchen hinausgeführt, es dann allein gelassen und sich ins Gras gelegt hatte, bis es schließlich gegangen war. Nun kamen sie zu ihm und halfen ihm auf die Füße. Sie stützten ihn links und rechts unter den Armen und zogen ihn zurück auf den Gehsteig.

— Rosalind ..., murmelte Martinez.

— Was?, fragte das Uhrwerk.

— Nur du, Rosalind. Du, und der Kleine.

— Er meint seine Familie zuhause in Denver, erklärte das Uhrwerk. Sie nahmen Martinez in die Mitte und liefen auf die Straße zu. Er schwieg. Er sprach weder von Rosalind, noch von dem Jungen, sondern ging schweigend zwischen den beiden, mit hochgezogenen Schultern, da sie ihn unter den Achseln gepackt hatten. Sein Kopf war ihm auf die Brust gesackt, und sein Hals kippte im rechten Winkel nach vorn.

ZWEI

Wir hatten die Partie gerade begonnen.

Im Radio dudelte Tanzmusik, und ich warf einen Blick zur Wanduhr. Es war fünf nach halb zwölf. Wir hatten erst ein paar Züge gespielt, und die Bilanz war auf beiden Seiten eher mäßig. Guðmundur zog mit dem Springer und bedrohte meinen Läufer. Neunundsiebzig ab Station, sagte das Mädel über den Lautsprecher. Im Aufenthaltsraum saßen nur wenige Fahrer.

— Ich lass mir wegen einer Schachpartie doch keine Fahrt durch die Lappen gehen.

— Du bist dran, sagte er. Das Mädel vorne im Glaskasten rief zum zweiten Mal meine Nummer.

— Pass auf deinen Läufer auf, sagte er. Schach war für Guðmundur eine bitterernste Sache, und von einer einmal angefangenen Partie konnte er sich nur schwer losreißen. Zu seinem Leidwesen wurde diese Begeisterung nicht von allen geteilt.

— Zum Teufel mit dem Läufer, brummte ich und stand auf. Guðmundur stopfte sich eine Pfeife. Er war um die vierzig und ein ausgezeichneter Schachspieler.

— Bist du heute Abend hier?, fragte er.

— Nein, ich fahr hinterher gleich nach Hause, sagte ich und stand schon im Türrahmen vorne am Schalter. — Ich schenk dir die Partie. Macht zweimal gewonnen und ein Unentschieden. Guðmundur steckte seine Pfeife an.

— Nein, wir merken uns die Positionen, sagte er hastig. Er wusste, dass man schon auf mich wartete.

— Meinetwegen, antwortete ich und ließ den Türgriff los. Ich sah, wie das Mädel hinter der Scheibe unruhig wurde, denn meine Fahrgäste standen schon draußen auf dem Gehsteig. Die Lampen am Dachgiebel über dem Eingang warfen einen hellen Lichtkegel auf den Vorplatz des Gebäudes und auf die Männer, die auf mich warteten. Es waren zwei, mit einem Dritten, den sie unter den Achseln gepackt und ins Schlepptau genommen hatten. Offenbar ein Soldat. Seine Hose stand offen und hing auf Halbmast, das Hemd war aus dem Hosenbund gerutscht und quoll ihm vorne aus der Jacke, die bis zum Gürtel aufgeknöpft war. Ich ging auf den Parkplatz hinaus zu meinem Wagen und gab den Männern ein Zeichen, mir zu folgen. Der Soldat trottete schwerfällig zwischen den beiden anderen, und ich stand neben der geöffneten Hintertür und nahm an, dass die beiden ihn begleiten würden. Einen sturzbetrunkenen Fahrgast zu chauffieren war kein Vergnügen. So einer konnte sich in den unwahrscheinlichsten Momenten plötzlich auf seinem Sitz aufrichten und sehr ungemütlich werden. Sie bugsierten ihren Kameraden fürsorglich auf den Rücksitz, die obere Körperhälfte zuerst, die sie vorsichtig in die Polster lehnten, dann verstauten sie seine Füße, einen nach dem anderen, auf den Boden unter dem Sitz. Das alles ging reibungslos vonstatten, während ich ihnen die Wagentür aufhielt und wartete. Der Lichtschein vom Giebel der Station fiel durch das Heckfenster und beleuchtete das Gesicht des Soldaten von der Seite. Sein Kopf lehnte schief auf der Kante der Rückenlehne, seine Augen waren geschlossen. Der untere Rand seiner Nase und alles, was darunter lag, verschwand im Schatten. Seine Stirn dagegen wurde vom Lichtkegel direkt beschienen und leuchtete hellbraun, fast weiß, unter dem lackschwarzen Haarschopf.

— So, sagte der eine der beiden. Er wurde wohl allmählich ungeduldig und wollte nicht länger herumstehen, auch wenn er sich nicht beklagte. Wahrscheinlich hatte er die Warterei sogar gründlich satt, denn mittlerweile war es ziemlich kalt.

— Wir werden ihm die Fahrt wohl bezahlen müssen, sagte der andere und fingerte in seiner Brusttasche. Also wollten sie selbst nicht mitfahren.

— Was macht das?

— Wohin?

— Raus zum Flughafen.

— Hundertfünfundsiebzig Kronen, sagte ich. Mir erschien die Nacht auf einmal außergewöhnlich kalt und außergewöhnlich dunkel. Keine schönen Aussichten, mit diesem volltrunkenen Kerl im Wagen, eine so lange Strecke, und dann noch mitten in der Nacht.

— Hundertfünfundsiebzig, wiederholte der andere. Er war groß von Statur, und unter seinem Hut standen graue Strähnen hervor.

— Ich zahle hundert, sagte sein Freund und zog langsam und bedächtig seine Hand aus der Tasche. Er hielt mir einen zerknitterten Geldschein auf der flachen Hand entgegen und wartete.

— Das ist ein Heidengeld, sagte der Grauhaarige.

— Kann man nichts machen, entgegnete der andere.

— Trotzdem ist das verdammt viel.

— Du zahlst fünfundsiebzig. Ich lege den Rest drauf, aber ich habe nicht vor, den Hunderter für nichts und wieder nichts herauszurücken.

— Ich habe aber nur siebzig, sagte der Grauhaarige.

— Schon in Ordnung, sagte ich und schlug den Kragen meiner Jacke hoch. Auch ich hatte das Warten satt.

— Sollte er aufwachen, versuchen Sie, das Geld von ihm zu kassieren. Machen Sie ihm klar, dass ihm nichts anderes übrig bleibt, sagte der Graue.

— Sollte er aufwachen, werde ich tun, was ich kann. Obwohl ich es für unwahrscheinlich halte, dass er aufwacht. So tief wie er mir zu schlafen scheint. Der Grauhaarige griff in seine Hosentasche, dann bezahlten sie. Ich strich die Scheine glatt, zählte das Geld und verstaute es in meiner Brieftasche. Die Männer sahen zu. Vielleicht reute sie das viele Geld, vielleicht dachten sie an den morgigen Tag. Bis dahin waren es nur noch ein paar Stunden, dann wäre er angebrochen, unwiderruflich, und keiner käme um ihn herum. Dann wäre er Wirklichkeit, ein Morgen mit weißen Wolken und einer ziemlich kalten Brise. Die Frauen würden sich schon bald in die Milchläden aufmachen, mit ihren Kannen und Gläsern, schlafverknittert, ungeschminkt und in Ulstermäntel gepackt, die ihnen ein grotesk ausladendes Hinterteil verliehen. Ich setzte mich hinters Steuer, ließ den Motor an und trat aufs Gaspedal. Als ich das Gas zurücknahm, gab der Motor ein dumpfes Klopfen von sich, im Leerlauf hörte man es ganz deutlich. Ich schlug die Fahrertür zu, kurbelte die Scheibe herunter und sagte durchs offene Wagenfenster:

— Ach, bevor ich es vergesse: Sollte ich ihn wirklich dazu bringen zu bezahlen, melden Sie sich bei Ragnar Sigurðsson, Wagen Nummer 79. Fragen Sie in der Taxistation einfach nach der Neunundsiebzig. Ab Morgen um die Mittagszeit bin ich da. Ich legte den Gang ein, gab Gas und ließ die Kupplung kommen. Der Wagen setzte sich in Bewegung, zuerst langsam, sehr langsam, doch dann nahm er Fahrt auf und erreichte bald ein ansehnliches Tempo. Im Rückspiegel sah ich die rabenschwarze Tolle des Mannes noch einmal im Lampenlicht aufglänzen, während seine Stirn schon im Schatten lag, und als ich den Platz überquerte und in die Hauptstraße einbog, war der Mann vollständig ins Dunkel des Rücksitzes eingetaucht. In der Stadt kam man wegen des Verkehrs nicht schnell voran. Erst an der Abzweigung nach Hafnarfjörður wurde es besser. Es war eine äußerst ereignislose Fahrt, und nur wenige Autos kamen uns entgegen, die meisten fuhren in dieselbe Richtung wie wir. Für ungefähr zehn Minuten schaltete ich das Radio ein, hörte mir die Nationalhymne an und dann das Sternenbannerlied, bevor ich es wieder ausstellte. Davor hatten sie *Home on the Reins* gebracht, und ich hatte halblaut mitgebrummt. Als wir an den Felsen von Vogastapi vorbei kamen, begann sich der Soldat zu rühren.

— Hallo!, sagte ich. Doch er wachte nicht auf.

— *Hi there*, versuchte ich es auf Englisch. Auch darauf bekam ich keine Antwort. Dann sagte ich drei Vikivaki-Verse auf, und währenddessen musste er zu sich gekommen sein.

— Rosalind, hatte er noch im Halbschlaf gemurmelt, dann war er mit einem Schlag hellwach und starrte wortlos vor sich hin.

— Na, wie geht's, wie steht's?, fragte ich.

— Darf ich mich nach vorne setzen?, bat er. Ich hielt an, er stieg aus, und ich ließ ihn vorne wieder einsteigen. Als er sich neben mir niedergelassen und die Beifahrertür zugezogen hatte, schaltete ich die Heizung ein.

— Haben Sie was zu rauchen? Ich griff in meine Hemdtasche und hielt ihm das Päckchen hin, dann zündeten wir uns beide eine Zigarette an.

— Mordssauferei war das wieder, sagte er und hielt die Zigarette lose zwischen seinen schlaffen Fingern. Wir fuhren südlich an Vogastapi vorbei, schlugen einen Bogen und hielten vor dem Eingangstor. In der Baracke der Flughafenaufsicht brannte Licht, und ab dort war der Weg geteert. Die Wärter winkten uns zügig durch, wir fuhren auf die Hochebene und rollten durch die Abfertigungssperre. Eine Stimme von drinnen befahl mir anzuhalten. Hinter den Flughafenbaracken zur Rechten dämmerte ein grauer Frühlingsmorgen herauf.

— Ist es hier?, fragte ich.

— Ja. hier ist es, hier an diesem gottverdammten Ort, antwortete er.

— Sie kommen also klar?

— Ja, alles bestens. Was bin ich Ihnen schuldig?

— Hundertfünfundsiebzig Kronen. Er reichte mir zwei Hundertkronenscheine aus einem kleinen schwarzen Etui, das er aus der rechten Brusttasche seiner Jacke zog, sie war blau und war ein bisschen wie ein Sporttrikot geschnitten, offenbar war der Mann bei der Luftwaffe.

Er brachte seine Kleidung vorne in Ordnung und stopfte das Hemd in den Hosenbund zurück. Ich zückte meine Lederbörse und kramte nach Wechselgeld.

— Der Rest ist für Sie.

— Ich bedanke mich.

— Ich danke ebenfalls, antwortete er, stieg aus und verschwand vornübergebeugt mit schwerfälligen Schritten zwischen den Baracken. Dort oben fegte ein heftiger Wind, der ihm jetzt direkt entgegenschlug.

Ich wendete den Wagen, rollte an der Flugabfertigung vorbei und die Hochebene wieder hinunter. An der Sperre traten zwei Wärter ans Auto, um das Wageninnere zu inspizieren. Sie waren höflich und zuvorkommend, und als ich davonfuhr, tippte der eine zum Gruß mit dem Finger an seine Mütze. Ich tat dasselbe, nur dass ich keine Kopfbedeckung trug, und doch wirkte es wie ein stummer Gruß von einem Heerführer zum anderen. Außerhalb der Absperrung war die Straße voller Rillen und Furchen, so dass man meinte, über ein Waschbrett zu fahren. Für meine alte Karre war das ein schlechter Untergrund, sie war Baujahr 1940 und machte ständig einen Höllenlärm, aber sonst funktionierte sie tadellos. Jetzt zog der Wagen die Kotflügel ein, und ich legte ihm besänftigend die Hand aufs Armaturenbrett und bat um Verzeihung. Das Metall fühlte sich bei diesen Zärtlichkeiten kalt und leblos an. Auf der Straße nach Vogastapi sah ich in der Ferne ein Auto entlangkriechen, das kurz darauf wieder verschwand, nun hatte ich nur noch die leere, zerfurchte Straße vor mir. Ich gab Gas und fuhr hinterher, eine kleine Verfolgungsjagd würde zumindest die Zeit verkürzen. Doch als ich die Anhöhe erreicht hatte, war der Andere nirgends zu sehen. Eine gottverdammte Katze, dachte ich, und mir blieb nichts anderes übrig, als wieder Gas zu geben. Nachts sollte man am besten keine Zeit verlieren, also Tempo rauf und die Biegungen so eng wie möglich nehmen, bis die Fliehkraft einen über den Mittelstreifen trägt und fast aus der Kurve hebt. Meine Augen suchten die Landschaft nach dem anderen Wagen ab, aber die Strecke war voller Kurven und Bergkuppen, die kurz im Scheinwerferlicht aufleuchteten und dann wieder in der Dunkelheit verschwanden. Nun lag nur noch ein einziger Hügel vor mir. Als ich oben angelangt war, sah ich auf der Rückseite des Hanges ein Auto stehen. Es war ein Buick, ein Nachkriegsmodell, und sehr wahrscheinlich der, den ich bei Vogastapi schon aus der Ferne gesehen hatte. Ich fuhr heran und stoppte. Die Motorhaube stand offen.

— Hallo? Etwas nicht in Ordnung?, rief ich aus dem Wagenfenster. Keine Antwort. Ich stieg aus und lief zum Buick hinüber. Das Standlicht war eingeschaltet, und im schwachen Licht der Scheinwerfer sah ich eine Frau neben dem Vorderrad auf der Straße knien und unter den Wagen spähen. Obwohl sie mich gehört haben musste, sah sie nicht hoch.

— Na, will er nicht mehr?, fragte ich. Nun blickte die Frau auf, sah mich an und sagte, noch immer auf den Knien:

— Aus dem Kühler ist plötzlich Dampf rausgekommen. Dann stützte sie sich mit einer Hand am Trittbrett ab und stand auf. Der Wagen hatte einen Achtzylindermotor, und als ich mich darüberbeugte, schlug mir glühende Hitze entgegen. Ich besah mir den Kühler und den Ventilator, nirgends trat Kühlwasser aus, doch der Keilriemen war abgegangen und lag zerrissen unter dem Kotflügel. Ich angelte nach den Riemenenden und hielt sie der Frau unter die Nase.

— Was ist das?, fragte sie.

— Der Keilriemen. Er ist gerissen.

— Und wozu ist dieser ... Keilriemen gut?

— Er treibt den Ventilator an, der die Luft durch den Kühler bläst, um den Motor zu kühlen. Die Frau nahm den Riemen in die Hand und betrachtete die zerfetzten Enden.

— Kann man das nicht flicken?

— Nein.

— Und ohne diesen Riemen komme ich nicht bis runter in die Stadt?

— Ich fürchte, nein.

— Was würde passieren?

— Das Kühlwasser würde verdampfen.

— Und wenn es verdampft ist?

— Dann kann der Motor durchglühen, sagte ich.

— Und was ist, wenn der Motor durchglüht? Ihre Stimme klang heiser, und obwohl sie ruhig sprach, war ihr anzumerken, dass die Autopanne sie nervös machte.

— Dann haben Sie für ein paar Tausend Kronen Reparatur, sagte ich und hatte wenig Lust auf einen Vortrag über durchgeschmorte Zylinderkopfdichtungen, wie man das am Klappern im Motor erkannte, und dass dieses Klappern anders klang als das Klopfen von defekten Kolbenbolzen oder lockeren Ventilklappen. Wir standen nebeneinander vor dem Buick, sie war fast so groß wie ich. Es war kalt geworden, sie lehnte sich gegen den Wind und starrte noch immer auf den Keilriemen. Ich schätzte sie auf etwa dreißig, sie war dunkelhaarig, ihr Gesicht ebenmäßig, aber nicht hübsch. Vielleicht war sie ja in einem gewissen Gewerbe tätig und hatte ihren Geschäftsfreund gerade zur Militärbasis zurück gefahren. Oder sie war einfach so in Keflavík gewesen. Ihre Haut war auffallend glatt und ihr Kinn nicht sehr ausgeprägt. Sie war sehr unzweckmäßig bekleidet, trug nichts außer einem leichten Regenmantel über einem dünnen Flatterkleid, keinerlei Kopfbedeckung und rote, hochhackige Schuhe. Es musste ziemlich unbequem sein, mit solchen Stelzen an den Füßen Auto zu fahren.

— Es kann übrigens sein, dass ich noch so ein Ding übrig habe, sagte ich. Mir war plötzlich eingefallen, dass ich erst vor ein paar Tagen einen Keilriemen gekauft, dann aber keine Verwendung dafür gehabt hatte. Die Frau sah mich an, und ich bemerkte ihre wohlgeformten Zähne. Sie hatte eine volle, geschwungene Unterlippe, und ich hatte dazu die eine oder andere Phantasie.

— Glauben Sie wirklich?, fragte sie und klang sehr erleichtert. Ich ging hinüber zu meinem Wagen, klappte das Handschuhfach auf und kramte zwischen allerlei Fensterledern und Wischlappen herum. Die Frau stand nun hinter mir, da hatte ich den Riemen gefunden und hielt ihn zum Vergleich neben den zerschlissenen.

— Er wird wohl zu lang sein, sagte ich.

— Und was machen wir da?

— Nichts. Es sei denn ich hätte die Ehre, die Dame eigenhändig in die Stadt zu chauffieren. Sie lachte leise. Vielleicht hatte ich mich allzu förmlich ausgedrückt.

— Oder abzuschleppen, fügte ich hinzu.

— Abschleppen? Mich? Oh nein, ich danke. Nicht mit mir.

— Ihren Wagen natürlich. Sie bleiben hinter dem Steuer sitzen, sagte ich.

— Duzt man sich unter Taxichauffeuren nicht, wenn man gemeinsam mit einem Kollegen in der Klemme sitzt, so wie wir jetzt?, fragte sie.

— Doch, das tut man ... Kollegin, sagte ich, während ich meinen Schraubenschlüssel aus dem Handschuhfach holte. Wir gingen zum Buick zurück. Ich drehte die Halterung an der Lichtmaschine los, spannte den Keilriemen über die Riemenscheibe des Ventilators und ließ ihn an der Kurbelwelle einrasten. Danach verband ich den Riemen wieder mit der Lichtmaschine und straffte ihn so gut es ging. Nach beendeter Prozedur saß der Riemen an Ort und Stelle, war aber noch immer ziemlich locker.

Der Motor würde so zwar heißlaufen, aber verdampfen würde das Kühlwasser nicht. Ich wischte mir die Hände ab und warf die Kühlerhaube zu, während die Frau den Motor startete.

— Zur Sicherheit werde ich hinter dir herfahren, bis wir in der Stadt sind, sagte ich durchs offene Wagenfenster.

— Sehr gut, antwortete sie und legte den Gang ein.

— Er wird wohl recht heiß werden, deshalb würde ich möglichst schnell fahren. Aber eigentlich sollte alles glatt gehen.

— Ganz bestimmt. Ich danke vielmals für die Hilfe, sagte sie und stand noch immer auf der Kupplung. Als sie das sagte, schwang allerhand Ungesagtes mit. Der schwache Schein der Armaturenbeleuchtung verschwand in ihrem dunklen Haar. Die Schatten vertieften die Konturen und machten ihr Gesicht ernst und schön.

— Wir werden sehen, sagte ich. Dann brauste sie los, und bis ich mich hinters Steuer gesetzt und den Motor angelassen hatte, war sie schon auf und davon. Sie fuhr mit mindestens siebzig bis achtzig Meilen, und meine alte Kiste hatte Mühe, bei diesem Tempo mitzuhalten. Durch Hafnarfjörður fuhr sie noch einigermaßen vernünftig, doch auf der Teerstraße nach Reykjavík gab sie Vollgas, der Buick zog mit einem Kreischen davon und war kurz darauf in einer Staubwolke verschwunden.

DREI

Ich wachte spät auf, und sofort fiel mir das Geld wieder ein, das ich den Männern schuldete. Bestimmt waren sie schon auf der Taxistation gewesen und hatten nachgefragt. Es war kurz nach eins, ich stand auf und rasierte mich, noch in Unterwäsche. Vielleicht hatte auch die Frau nach mir gefragt. Das würde ein ziemliches Gefeixe geben, wenn die Jungs hinter die Sache mit der Frau kämen. Ich hoffte, dass sie nie dort auftauchen würde, dann hätten sie keinen Anlass, mich aufzuziehen. Es waren harte Burschen, die bedingungslos zusammenhielten, aber gelästert wurde trotzdem. Manche von ihnen trugen merkwürdige Spitznamen, die sie außerhalb aber nie in den Mund nahmen. Sie wurden verlegen, wenn jemand warm und aufrichtig mit ihnen sprach und verwendeten selber solche Ausdrücke nur mit größter Vorsicht. Solche Worte gingen ihnen sehr nahe, und so nah wollten sie niemanden an sich heranlassen; nicht an ihre Gefühle und nicht an das, was sie in ihrem Herzen mit sich herumtrugen und was es nicht an jeder Straßenecke zu kaufen gab, und doch stark und aufrichtig und beständig war. Mit Flüchen sparten sie dagegen nicht, auch nicht mit dreckigen Witzen und Gotteslästerungen, ohne dass das etwas bedeutet hätte. Die Wörter standen leer und einsam herum und waren Teil der harten Schale. Manchmal, während wir darauf warteten, dass unsere Nummer aufgerufen wurde, hielten die alten Hasen den Neuankömmlingen höchst anschauliche Vorträge über intime Dinge, die uns oft besser im Gedächtnis hängenblieben als die Erste-Hilfe-Maßnahmen und so manches andere, was wir für die Prüfung zur gewerbsmäßigen Beförderung von Personen hatten büffeln müssen. Dort hatte es keine solchen überaus praktischen Ratschläge zum Umgang mit Motorschäden, Schwarzgebranntem und Geschlechtskrankheiten gegeben, wie sie uns die alten Zausel bereitwillig weitergaben, etwas umständlich, aber freundlich und ein wenig verschmitzt, wenn die Neulinge ihre Histörchen für bare Münze nahmen. Nachdem ich die Rasur erledigt hatte, zog ich mich an. Aus den Fenstern meines Zimmers sah ich über die Hausdächer hinaus ins milde Frühlingswetter. Es gab eine Menge roter Dächer, und etwas tiefer die Steingiebel der großen Gebäude mit ihrer Leuchtreklame. Im Treppenhaus traf ich die Frau, die mir das Zimmer vermietete, sie wünschte mir einen guten Tag und sagte, es sei ein Brief für mich gekommen. Ich ging mit zu ihr hinein und nahm den Brief, draußen im Wagen riss ich ihn auf und las, während ich den Motor warm laufen ließ. Der Brief war von Vater. Von zu Hause gab es keine schlechten Nachrichten. Er fragte, wann ich heimkäme. Und dass Mutter sich wünschte, ich würde öfters schreiben. Ich steckte den Brief in die Tasche und fuhr die Hauptstraße hinunter.

Auf dem Parkplatz war es eng. Nachdem ich den Wagen abgestellt hatte, ging ich über die Straße und betrat die Bar, in der wir manchmal zu Mittag aßen. Eiríkur und Róbert saßen an der Theke. Ich ging auf die Toilette und wusch mir die Hände. Von drinnen hörte ich, wie sie mit dem Frollein herumalberten. Sie war eine ruhige Person und hatte sich an die derbe Sprache gewöhnt. Der Wirtin dagegen passte es überhaupt nicht, wenn vorne in der Wirtsstube jemand das Frollein aufzog. Wenn die Wogen am höchsten schlugen, erschien sie in der Durchreiche und befahl uns, den Mund zu halten. Ich hörte, wie das Frollein die beiden fragte, was sie essen wollten. Es gab hier nur sehr einfache Mahlzeiten, meistens zwei Gerichte, Fisch, gebraten oder gekocht, und Fleisch, gebraten oder gekocht. Dazu gehörte Suppe und Milch, und hinterher gab es Kaffee.

— Ich nehme das Fischgericht, die Suppe und ein Glas Milch, sagte Róbert. Er war ein stiller Mensch und hatte zum Frollein noch nie etwas Schlüpfriges gesagt.

— Und du, Eiríkur?, fragte sie.

— Einmal den gegrillten Heringshai, sagte Eiki, — und ein Glas Stutenmilch, wenn du hast. Das Frollein antwortete nicht. Als ich in die Gaststube zurückkam, war sie in der Küche. Jetzt erschien die Wirtin wieder in der Durchreiche.

— Halt die Klappe, Eiríkur.

— Sei gegrüßt, mein Licht, sagte Eiki zu mir. Das Frollein kam mit der Suppe für Róbert. Sie fragte mich, was ich wollte.

— Die Suppe, ein Glas Milch, und Kaffee.

— Ich nehm' den Fisch und die Suppe, sagte Eiki. Das Frollein tat, als ob sie nichts gehört hätte und verschwand wieder in der Küche.

— Trag's mit Fassung, rief Eiki ihr nach.

— Hör endlich auf mit dem Gequatsche, schimpfte die Wirtin, offensichtlich zufrieden, dass das Frollein ihm nicht antwortete.

— Verschwinde da aus dem Loch, oder soll ich dich mal einen Gang hochschalten?, sagte Eiki.

— Was heißt das denn?, wollte die Wirtin wissen.

— Intimitäten berede ich nicht mit Frauen, die das gebärfähige Alter schon überschritten haben.

— Teufel, zischte die Wirtin.

Das Frollein kam mit meiner Suppe und meiner Milch. Ich saß neben Eiki, der sich jetzt über die Theke nach vorne lehnte und mit leiser, honigsüßer Stimme raunte:

— Man sollte mit dir in die Kiste steigen und da drin Fünflinge zeugen, Süße.

— Lass das Mädchen mit deinen Ferkeleien in Ruhe, sagte die Wirtin.

— Was denn! Ich sag ihr doch nur, dass sie ne echte Zuckerpuppe ist, gab Eiki zurück.

— Und ob du geferkelt hast.

— Wieso, was war denn?, fragte Eiki. Das Frollein wischte den Tresen ab und antwortete nicht. Die Wirtin verschwand hinter der Luke.

— Und was möchtest du?, fragte ihn das Frollein und schien nicht mehr beleidigt.

— Den Fisch und die Suppe, antwortete Eiki.

Wir aßen, und dann gingen wir hinüber in die Station. Im Aufenthaltsraum hockten ziemlich viele Fahrer, und ich hängte meine Nummer an das Brett. Guðmundur hatte eine Fahrt. Ich nahm mir die Zeitungen vor. Etwas Besonderes stand nicht drin. Keine Unfälle, keine Feuersbrünste, Skandale auch nicht, und so hatte man sie schnell durch. Die Politik war furchtbar undurchsichtig und furchtbar aufgeblasen. In der Politik ging es ständig um Landesverrat, Diebstahl und Betrug. Jetzt kamen die Jungs von den Nachtfahrten zurück. Die meisten der Nachtfahrer waren junge Kerle, die ihren Wagen erst vor kurzem gekauft hatten und sich jetzt totschufteten, um die Raten abzuzahlen. Die Nachtschicht war hartes Brot. Da waren die Ganoven und die Säufer unterwegs. Neunundsiebzig bittesehr ans Telefon, rief das Mädel in den Lautsprecher. Ich stand auf und ging nach vorne zum Schalter.

— Da ist ein gewisser Páll Jónasson, der dich sprechen will, sagte sie und hielt die Hand über das Mikrofon, damit man sie nicht im ganzen Saal hörte, denn der Lautsprecher war noch eingeschaltet. Sie hatte die Nummern, die sie gerade aufrief, vor sich in der Hand. Ich ging hinüber zum öffentlichen Fernsprecher, nahm den Hörer von der Gabel und sagte Hallo. Am anderen Ende räusperte sich jemand. Die Tür zur Zelle stand offen.

— Ist da Ragnar Sigurðsson?, fragte die Stimme.

— Ja.

— Hier ist Páll Jónasson.

— Ja, einen schönen guten Tag, sagte ich und konnte mich beim besten Willen an keinen *Paulejohnason* erinnern.

— Ich wollte mich nur erkundigen, ob der Soldat seine Fahrt bezahlt hat.

— Ja, hat er, sagte ich und begriff, dass es sich um einen der beiden Männer vom Vorabend handeln musste.

— Aha. Und, war alles in Ordnung mit ihm?

— Doch doch. Alles bestens.

— Schön zu hören.

— Ich werde das Geld in einen Umschlag mit Ihrem Namen

stecken und hier am Schalter hinterlegen. Dann können Sie es abholen, wann immer es Ihnen passt.

— Besten Dank, sagte die Stimme.

— Keine Ursache.

Ich ließ mir vorne einen Umschlag geben, steckte hundertsiebzig Kronen hinein und schrieb auf die Vorderseite: Enthaltener Betrag: 170,00 Kronen. Zu Händen Herrn Páll Jónasson. Ich schob ihn dem Mädel hin und sagte, das Geld würde abgeholt, dann ging ich zurück in den Aufenthaltsraum und wandte mich wieder den Zeitungen zu. Es war schönes Wetter und wenig zu tun. Draußen fuhr Guðmundur vorbei und rollte auf den Parkplatz. Als er hereingekommen war, stellten wir unsere Schachfiguren wieder genau so auf, wie wir es am Vortag verlassen hatten. Ich war am Zug und grübelte, wie ich meinen Läufer retten könnte.

— Na, hattest du gestern Abend eine gute Fahrt?, erkundigte sich Guðmundur.

— Raus nach Keflavík zum Flughafen.

— Dann hast du zu guter Letzt ja noch ordentlich Umsatz gemacht.

— Es ging so. Ich zog mit dem Turmbauern, um meinen Läufer zu decken. Während Guðmundur über seinen nächsten Zug nachdachte, erzählte ich ihm von der Frau in dem Buick; wie ich ihr mit einem Keilriemen ausgeholfen hatte und wie sie mir dann hinter Hafnarfjörður davongefahren war. Guðmundur machte mit einem Läuferzug seiner Dame den Weg frei.

— Den Keilriemen kannst du wohl abschreiben, sagte er.

— Die Partie hier auch.

— Du wirst beides verlieren, den Riemen und die Partie, gab er zurück.

— Ich halte die Frau für zuverlässig.

— Von einer Frau, die in einem ziemlich neuen Buick nachts auf der Straße nach Keflavík unterwegs ist, darfst du nicht erwarten, dass sie sich wegen eines Keilriemens ein Bein ausreißt.

— Was meinst du denn damit?

— Ist eben so.

— Ich versteh nicht ganz, was ...

— So eine wird sich mit noch ganz anderen Dingen abgeben als mit Keilriemen.

— Mir ist egal, mit was sie sich abgibt.

— Auf diesen Keilriemen kommt's dir natürlich nicht an.

— Die Frau kann trotzdem anständig sein, auch wenn sie sich mit sonstnochwas abgibt.

Aus dem Lautsprecher ertönte jetzt eine Nummer nach der anderen, und ich rückte in der Warteschlange allmählich auf. Diese Schachpartie zu beenden, würde schwierig werden. Der Lautsprecher vermeldete: Hundertzwölf ab Station. Danach war es einen Moment still, und dann hörte man: Der Fahrer des roten Dodge, Baujahr neunzehnhundertvierzig, der heute Nacht eine Fahrt von Keflavík hatte, bittesehr an den Schalter. Ein Telefongespräch.

— Das wird der Keilriemen sein, bemerkte Guðmundur, und ich stand auf und ging nach vorne.

— Ist sicher für mich, sagte ich zu dem Mädel.

— Aber mach's kurz, ermahnte sie mich und reichte mir den Hörer. — Das ist der Stationsapparat.

— Haben Sie mir mit dem Keilriemen ausgeholfen?, fragte jemand ohne Einleitung, und ich erkannte sofort die tiefe, heisere Stimme.

— Ja.

— Ich habe Sie leider nicht angetroffen, sagte sie, während mir das Mädel mit einer Geste bedeutete, zum Ende zu kommen. Ich sagte:

— Es reicht, wenn Sie den Riemen hier in der Zentrale abgeben. Schreiben Sie die Nummer neunundsiebzig drauf, dann kann nichts schiefgehen.

— Können Sie den Riemen nicht bei mir zuhause abholen?, fragte die Frau.

— Wann?

— Heute Abend. Faxenhaus, erster Stock. Über dem Geschäft.

— In Ordnung, sagte ich, verabschiedete mich und reichte dem Mädel den Hörer durch die Öffnung in der Glasscheibe zurück. Dann kam ein Kunde und bestellte ein Taxi. Ich ging nach hinten und setzte mich wieder an unser Schachbrett.

— War das die Frau?, wollte Guðmundur wissen.

— Ja. Und ich glaube, ich verliere weder den Riemen noch die Partie.

— Die Partie hast du schon verloren, sagte er. Die Jungs hatten mitbekommen, wie ich ans Telefon gerufen worden war und an der Beschreibung meinen Wagen erkannt. Jetzt kamen sie herüber und wollten wissen, ob das die Polizei gewesen wäre und ob ich jemanden angefahren oder bestohlen hätte. Volltreffer, sagte ich. Raub, Totschlag und Handel mit Schwarzgebranntem. Eiríkur knurrte, ich solle mich zum Teufel scheren.

— Ragnar hat bestimmt einen von diesen verdammten Amerikanern beklaut, sagte Hæi. Am Tag unseres NATO-Beitritts war er wegen seiner Teilnahme an den Straßenkrawallen verurteilt worden, und er war auf unsere *Schutzmacht* nicht sonderlich gut zu sprechen. Neunundsiebzig ab Station, rief das Mädel aus dem Lautsprecher.

— Wir werden schweigen wie ein Grab, mein Junge, sagte Eiki.

— Ich hab längst alles gestanden, sagte ich, als ich schon im Türrahmen stand.

VIER

Am späten Abend fuhr ich zu ihr. Im Stockwerk über dem Geschäft brannte in allen Fenstern Licht. Ich blieb noch eine Weile im Auto sitzen, wartete, dass das Zittern nachließ und steckte mir eine Zigarette an. Erst hinterher wurde mir klar, dass ich ziemlich aufgeregt war. Ich hatte drei Männer chauffiert, die neu in der Stadt waren und geglaubt hatten, dass man so dies und das geboten bekäme, wenn man im Taxi die Hauptstraße entlangfuhr und nach bereitwilligen Frauen Ausschau hielt. Nach der kurzen Fahrt waren sie in einem Tanzlokal verschwunden, und ich hoffte, dort hätten sie mehr Glück. Während ich rauchte, überlegte ich, ob ich nicht besser die anderen Hosen angezogen hätte. Es war lange her, dass ich mir Gedanken um meine Kleidung gemacht hatte. Genau genommen hatte ich für nichts anderes mehr Zeit als für den Wagen, seinen Motor, seine Reifen und seine Achsen.

Der Buick stand direkt vor dem Hauseingang. Die Schaufensterbeleuchtung des Geschäfts beschien kostbare Stoffe, die hinter den Scheiben stilvoll auf glänzenden Kleiderstangen drapiert waren. Klar, das waren reiche Leute. Und falls sie verheiratet war, würde ihr Mann mir ein Glas Whisky anbieten. Obwohl mir ein Cognac lieber gewesen wäre, aber solche Leute hatten immer eine Vorliebe für Whisky, ein Getränk, so fanden sie wohl, dem ein gewisser Hauch von Aristokratie anhaftete. Doch manche Whiskysorten waren widerlich und machten einen benebelt, wortkarg und schwermütig. Ihr Mann würde freundliche Worte über unseren Berufsstand finden, wie schwierig es sei, Ersatzteile zu bekommen oder die Zulassung für einen neuen Wagen. Sie würde hin und wieder ein paar Höflichkeiten einwerfen, dann würde er den Keilriemen holen und ich würde Danke sagen und die Beiden würden sich ebenfalls noch einmal für die Gefälligkeit bedanken. Und danach wäre ich wieder draußen auf der Straße, mit dem unerträglichen Whiskygeschmack auf der Zunge, und dann würde ich noch ein bisschen durch die Straßen kurven, um den Tag einigermaßen gut zu Ende zu bringen. Gleichzeitig hoffte ich, dass sie gar keinen Mann hätte, und das war eigentlich merkwürdig. Die Treppe in den ersen Stock war mit einem dicken Läufer ausgelegt, der von polierten Kupferbeschlägen eingefasst war. Ich klingelte. Drinnen hörte man eilige Schritte, dann war hinter der stoffbespannten Glasscheibe der Wohnungstür ihr Umriss zu erkennen.

Sie öffnete, und als sie mich sah, sagte sie Hallo, und ich sagte auch Hallo, und dann bat sie mich hinein. Aus der Art, wie sie Hallo sagte, schloss ich, dass ihr Mann nicht zu Hause war, vielleicht auf Reisen in England, oder schon verstorben. Für den Lachs war es noch zu früh im Jahr, und Golf wurde um diese

Jahreszeit nicht gespielt. Sie blieb im Flur stehen, so als wartete sie darauf, dass ich einen Mantel ablegte. An den Wänden hingen Gemälde großer Künstler. Ich hatte gar keinen Mantel dabei und trug weder Überschuhe noch Kopfbedeckung. Wir gingen ins Wohnzimmer und setzten uns, dort gab es noch mehr Kunstwerke, und sie bot mir etwas zu Rauchen an. Dann schwiegen wir eine Weile, es war anders als vorher auf der Landstraße.

— Wie geht's?, fragte sie.

— Einigermaßen, sagte ich.

— Viel zu tun, nehme ich an.

— Schon. Jedenfalls am Wochenende, antwortete ich.

— Dann muss man wohl dieses Pack herumkutschieren.

— Das geht in Ordnung, solange sie zahlen, gab ich zurück.

— Ist es nicht hart, Taxifahrer zu sein?

— Je nachdem.

— Und hat verschiedene Seiten, so wie alles, ergänzte sie.

— Ja, wie alles.

— Gute und schlechte.

— Ja, und noch allerhand dazwischen, sagte ich.

— Darf ich Ihnen etwas zu trinken anbieten?

— Gerne, vielen Dank, sagte ich und hätte beinahe noch etwas anderes gesagt. Doch ich schwieg, weil es unpassend geklungen hätte, hier zwischen dicken Polstern, Teppichen und Ölgemälden. Außerdem wäre es mir gegen den Strich gegangen, zu der Frau so etwas zu sagen.

— Möchten Sie lieber Whisky oder Aquavit?

— Lieber Whisky, sagte ich, um ihr zu gefallen und hoffte, sie hatte eine gute Sorte da. Sie ging hinaus, machte sich in der Küche zu schaffen und kam kurz darauf mit Whiskygläsern, Mineralwasser und Eiswürfeln wieder ins Zimmer. Dann schenkte sie mir ein und fragte, bis wohin, und ich sagte, nur ganz wenig, doch sie füllte mein Glas bis zur Hälfte, und so wurde es ein ziemlich starker Drink. Wir erhoben die Gläser und tranken, und das Eis überdeckte den modrigen Geschmack des Scotch.

— Da hier niemand ist, der uns vorstellen könnte, muss ich das selber übernehmen, sagte sie, nachdem wir den ersten Schluck genommen hatten. Bis jetzt weiß ich nur, dass Sie die Nummer neunundsiebzig sind. Sie sprach hastig und wirkte etwas fahrig.

— Ragnar Sigurðsson, sagte ich.

Sie antwortete, sie heiße Guðríður Faxen, und damit war die Sache erledigt. Guðríður, ein schöner Name, sagte ich, — und so isländisch. Über ihr Gesicht huschte eine Grimasse.

— Ich werde Gógó genannt, sagte sie. Wir nippten an unserem Whisky und ich fand, Gógó sei gar kein Name, doch sie wollte nichts anderes hören und damit basta, also nannte ich sie Gógó und sagte: Prost Gógó, und: das ist wirklich ein sehr guter Whisky, Gógó, und:

— Ich wünschte, ich könnte dir jede Nacht mit einem Keilriemen aushelfen.

— Das hätte sonst vielleicht böse ausgehen können. Ich danke dir sehr für deine Hilfe, sagte sie.

— Keine Ursache.

— Der Wagen ist nicht mehr gut in Schuss, seit mein Mann krank ist. Vielleicht passe ich einfach nicht gut genug auf.

— Ist es was Ernstes, das mit deinem Mann?

— Ich glaube nicht.

— Liegt er im Krankenhaus?

— Du bist wirklich unerhört neugierig.

— Entschuldigung.

— Schon gut, sagte sie.

Vielleicht hätte ich sagen sollen, dass es mir leid täte, das mit ihrem Mann. Aber dann ließ ich es sein. Sie hätte sofort gespürt, dass das nur leeres Geschwätz war. Sie stand auf, ging hinüber ins Nachbarzimmer und kramte dort eine Weile herum, dann kam sie zurück und hielt mir ein Foto entgegen.

— Das ist mein Mann, Ólafur Faxen, erklärte sie. Der Mann war blond, hatte eine Adlernase und war ziemlich groß und ziemlich dünn. Seine Augen standen eng zusammen, und über die Stirn zog sich eine tiefe, hässliche Narbe. Sein Gesicht hatte abgesehen von der Narbe keine wirklich markanten Züge, und der Mann auf dem Foto wirkte steif, so als versuche er, eine Würde auszustrahlen, die ihm in Wahrheit vollkommen abging.

— Er ist in Dänemark, in einer Nervenheilanstalt, sagte sie. Ich gab ihr das Foto zurück.

— Ist es so ernst?

— Ja.

— Aber sie gehen davon aus, dass sie ihn heilen können.

— Ja.

— Das ist eine böse Narbe, sagte ich.

— Da hat ihn ein Pferd getreten.

— Und seine Krankheit, hat die mit der Narbe zu tun?

— Ja.

Ich starrte in mein Glas. Es war leer. Die Eiswürfel waren noch nicht ganz geschmolzen und rutschten auf dem Boden des Glases hin und her. Ich beobachtete, wie sie sich rasch auflösten.

— Sie wollen ihn operieren. Ihm gewuchertes Gewebe herausschneiden, da, wo der Knochen nach dem Tritt wieder zusammengewachsen ist.

Ich schwieg. Vielleicht ging ihr das alles sehr nah.

— Willst du noch etwas Whisky?, fragte sie.

— Ja, sagte ich. — Aber diesmal mische ich. Doch das wollte sie nicht zulassen. Als sie die Gläser nachgefüllt hatte, setzte sie sich wieder und lehnte den Kopf nach hinten gegen die Sessellehne. Während sie so saß, in die Luft starrte und ihr Glas zwischen den weißen, schlanken Fingern drehte, sagte sie:

— Im Sommer soll er operiert werden.

— Hast du Angst?

— Gott Allmächtiger. Du löcherst einen ja geradezu mit Fragen.

— Das tut mir leid, aber es ist mehr als Neugier.

— Ich habe keine Angst.

— Gut. Angst kann einen Menschen auffressen.

— Wie die Einsamkeit.

— Ja, die auch.

— Ich werde noch ein ganz schlechter Mensch vor lauter Einsamkeit. Sie ist überall. Ich habe keine Kinder, und meine Freunde ... naja.

— Ich kann verstehen, dass das nicht leicht ist.

Sie richtete sich auf ihrem Stuhl auf und sah mich an.

— Ich glaube kaum, dass du das verstehst.

— Vielleicht nicht ganz.

— Nein, nicht ganz.

— Das moralische Empfinden der Leute ist niemals eindeutig.

— Wie meinst du das?

— Genau so. Dass es nicht eindeutig ist.

Ich hätte nichts dagegen gehabt, jetzt zu ihrem Aquavit überzugehen. Doch dann wollte sie noch einmal hinaus in die Stadt, etwas herumfahren und Leute angucken. Ich war nicht mehr imstande, ein Auto ordnungsgemäß zu steuern, also nahmen wir den Buick und schauten uns die Leute an, die aus den Kinos strömten. Ich wusste, dass auf der Zentrale und vor den Bars ziemlich viel los sein würde, und vor dem Hotel entdeckte ich auch Guðmundur und Hæi. Ich duckte mich in meinen Sitz, während wir vorbeifuhren, und sie sahen mich nicht. Später würden sie sich vor die Tanzlokale postieren und warten.

Ich hatte die Whiskyflasche zwischen meine Knie geklemmt, wir fuhren durch die Nebenstraßen und nippten abwechselnd, und Gógó war am Steuer ein echter Teufelskerl. Sie fuhr am Hotel vorbei, damit ich einen Blick auf die Jungs werfen konnte, die dort in der Warteschlange standen, während ich mich hier dem Whisky hingab. Sie fuhren für ein paar lausige Kronen, denn es war weder Samstag noch Sonntag. So früh in der Woche waren noch keine Amerikaner in der Stadt. Manchmal schafften wir es, an einem Montagmorgen gleich zwei Fahrten raus zum Flughafen zu bekommen. Wenn man früh um sechs loskam und bis halb acht zurück war, konnte man noch ein paar Nachzügler erwischen, die bis acht draußen in Keflavík sein mussten. Das war natürlich nicht zu machen, aber oft versprachen sie ein Extratrinkgeld, falls wir es in einer halben Stunde schafften und zahlten auch, wenn wir vierzig Minuten brauchten, denn es war eine ordentliche Strecke und in etwa das, was die Kunden gerade eben noch ertrugen, besonders, wenn man dafür sorgte, dass der Wagen sich ordentlich in die Kurven legte und quer nach hinten ausbrach, bevor er wieder die richtige Linie fand, damit es ihnen auf keinen Fall, was für ein halsbrecherisches Tempo wir draufhatten. Und wenn sie bereits fahl und übernächtigt eingestiegen waren, wurden sie während der Fahrt meist noch bleicher und klopften uns mit einem *that-a-boy!* auf die Schulter, wenn wir unsere Kunststückchen vollführten, um unsere Gefahrenzulage nicht aufs Spiel zu setzen.

Bis weit nach Mitternacht kurvten wir durch die Straßen, und als wir unsere nächtliche Spritztour beendeten, war kaum noch jemand unterwegs. Wir warteten nicht, bis die Besucher aus den Tanzlokalen herausströmen würden.

— Noch Whisky?, fragte Gógó. Ich sagte, ja, danke, und wir tranken, und sie war reizend und liebenswürdig und wirklich makellos gewachsen, und noch dazu konnte man sich vorzüglich mit ihr unterhalten.

— Bist du verheiratet?, fragte sie.

— Nein.

— Und hast es auch nie erwogen.

— Nein.

— Oder hältst du etwa nichts von Frauen?

— Na hör mal.

— Ich dachte immer, Männer reden gern über Frauen.

— Nun ja.

— Und sie hören sich selber gern reden, setzte sie hinzu.

— Nicht, wenn sie es ernst meinen.

— Du meinst, wenn die Frau romantisch und hilflos genug ist.

— Das ist nicht genug.

— Was ist denn genug?

— Nichts ist genug, wenn der Mann ein eingefleischtes Großmaul ist.

— Wenn er als toller Hecht dastehen will, fügte sie hinzu.

— Genau. Vielleicht sind sie einfach redseliger als Frauen.

— Ja, das sind sie, redselig, sagte sie.

— Frauen reden dafür ständig über ihre Kinder.

— Das ist was anderes.

— Sie halten sich für nicht vollkommen, bis nicht ein Kind unterwegs ist.

— Hör auf, sagte sie.

— Mehr wollte ich auch nicht sagen.

— Gut.

— Ich wollte es dir nur erklären.

— Das ist nicht nötig, unterbrach sie. — Ich weiß, dass wir nicht vollkommen sind, wenn wir keine Kinder haben.

Draußen war es düster und hässlich, und kaum noch Verkehr. Mein Kopf fühlte sich leer an, und daran war der Scotch schuld. Mir war es unbegreiflich, wie manche Leute sich derart für Whisky begeistern konnten. Gógó stand auf und ging durch die Tür mit dem roten Vorhang. Sie fand Männer also redselig. Vielleicht hätte sie sich manches Mal gewünscht, ein Mann wäre verschwiegener gewesen. Durch den Türspalt sah ich ihr Bett. Es hatte einen hellbraunen Überwurf mit Fransen.

— Komm rein, sagte sie von drinnen aus dem Zimmer. Ich ging hinein. Es war ein sehr sparsam eingerichtetes Schlafzimmer. Sie machte das Licht aus, und auf einmal war sie im Dunkeln dicht neben mir und kehrte mir den Rücken zu. So standen wir eine Weile, und ich fühlte mich unbehaglich. Ich berührte sie nicht, damit sie nicht den Eindruck bekam, ich wäre wegen etwas anderem als dem Keilriemen hier.

— Zieh mich aus, sagte sie. Das hatte ich beinahe erwartet. Manche Frauen wollen den Männern von vornherein den Wind aus den Segeln nehmen. Ich knöpfte ihr Kleid auf und streifte es ihr von den Schultern. Ich fragte, wohin ich damit sollte, sie nahm es mir aus der Hand und legte es irgendwo in der Dunkelheit ab. Ich schob ihr den Unterrock über die Hüften, hakte den Büstenhalter auf und lockerte ihre Strumpfhalter. Ihre Haut war unglaublich weich, und sie legte die Sachen irgendwo ins dunkle Zimmer. Dann setzte sie sich aufs Bett, ich zog ihr die Strümpfe aus und ließ sie auf den Boden fallen. Vielleicht erwartete sie, dass ich über Nacht blieb. Sie kroch unter die Decke, und es war nicht angenehm, dort in der Dunkelheit zu stehen.

— Gute Nacht, sagte ich.

— Geh nicht, sagte sie.

— Warum nicht?

— Nur so. Nicht weggehen.

Ich dachte an ihren Mann in der dänischen Nervenklinik, an den Whisky in den Gläsern vorne im Wohnzimmer und an die bittere Mischung aus Scotch und Tabakrauch. Mein Mund war unerträglich trocken.

— Setz dich zu mir, sagte sie, und ich setzte mich zu ihr und beobachtete den Lichtschein, der unter dem Vorhang hindurchsickerte. Ich hörte ihre Atemzüge und das leise Rascheln der Bettdecke, wenn sie sich bewegte.

— Leg dich zu mir.

— Nein.

— Doch, leg dich ein Weilchen zu mir, sagte sie. Ich spürte den Scotch. Draußen war Wind aufgekommen und es wurde ernsthaft Frühling. Ich legte mich neben sie oben auf die Bettdecke, meine Schuhe behielt ich an. Sie kam mit ihrem Gesicht ganz nah und legte ihren Arm auf mich. Ich hörte, wie ihre Atemzüge ruhiger wurden, und dann war sie eingeschlafen. Als ich es für ungefährlich hielt, versuchte ich, vorsichtig unter ihrem Arm hervorzukriechen, doch plötzlich zuckte sie zusammen und warf sich im Schlaf hin und her. Nun verging einige Zeit, bis ich irgendwann das Pfeifen des Windes nicht mehr hörte und das Licht unter dem Vorhang nicht mehr sah. Der Schlaf rollte in langsamen, schweren Wellen auf mich zu, und obwohl ich alles tat, um wach zu bleiben, kam ich nicht dagegen an.

FÜNF

Ich sah ein graues Steinhaus auf der anderen Straßenseite. Die Fensterrahmen waren rot, und mein Kopf schmerzte, während ich hinüberschaute. Es war noch früh am Morgen, und sie lag von mir weggedreht. Ich sah, wie das dunkle Haar ihr über Nacken und Wangen fiel und wie die weiße Haut und ihre brünett schimmernden Locken auf ihren Schultern ineinanderflossen. Ihr Hals war glatt und faltenlos, obwohl sie im Schlaf den Kopf zur Seite geneigt hatte. Ich spürte die Wärme ihres Körpers in meinem Atem, und das tat gut, obgleich es in meinem Kopf hämmerte und ich noch immer in Schuhen auf der Bettdecke lag. Ich setzte die Füße auf den Boden und richtete mich auf. Vom aufrecht Sitzen wurde der Schmerz hinter meinen Augen schlimmer. Sie drehte sich im Bett herum und ließ ihren Arm über die Bettkante hinausragen. Ein weißer Arm, selbst ihre Hand war nichts anderes als weiß zu nennen, und kein Lack glänzte an ihren Fingernägeln. Vielleicht hatte ihr Mann immer auf dieser Seite des Bettes gelegen und war Morgens mit ihrem Arm um seine Schultern aufgewacht, bis er den Verstand verloren hatte und überhaupt nicht mehr richtig aufwachte, ihre Nähe nicht mehr wahrnahm und überhaupt nichts mehr wahrnahm außer dem Loch in seiner Stirn. Ich stand auf, das Hämmern hinter meinen Augen wurde fast unerträglich; das Einzige, was ich jetzt wollte, war, in die Bar zu kommen und mir vom Frollein einen ordentlichen Milchshake vorsetzen zu lassen, den ich in einem Zug hinunterstürzen würde, damit das hier endlich aufhörte. Sie schlief, als ich ging, ihre Lippen waren leicht geöffnet und sie lächelte im Schlaf; vielleicht träumte sie gerade etwas Schönes, etwas, das nicht verkatert war, übernächtigt und grau.

Das grelle Tageslicht brannte in meinen Augen. Dennoch wollte ich das nicht ihrem Scotch anlasten, auch wenn mich das vielleicht erleichtert hätte, denn auf einmal bedeutete sie mir sehr viel, und mir wurde warm, als ich an sie dachte, während ich den Motor anließ und zur Station hinüberfuhr. Das Frollein hatte sehr viel Eis in den Milchshake getan, ich trank vier Gläser und dachte dabei unentwegt an Gógó. An der Stelle in meinen Augen, wo mich das grelle Licht geblendet hatte, war jetzt sie, und auch dort, wo mein Kopf ungelöste Probleme wälzte, war jetzt sie. Sie vermischte sich mit dem Milchshake, so als schlürfte ich sie, dort im Morgengrauen, in mich hinein, während ich an der Theke saß und meinen Kater betäubte. Guðmundur kam herein, setzte sich zu mir und betrachtete zuerst mich, dann meine leergetrunkenen Gläser. Im unerbittlichen Morgenlicht sah er auf einmal alt aus, doch ich hatte ihn gern, und das Frollein hatte ich auch gern, und dann bestellte ich das fünfte Glas. Guðmundur wollte Kaffee, und meine Gefühle flatterten zwischen dem Frollein und ihm und Gógó hin und her. Das Frollein verschwand in der Küche, und dann saßen wir allein über Milchshake und Kaffee.

— Ist es schiefgegangen?, fragte Guðmundur.

— Überhaupt nicht, sagte ich und spürte sein mitfühlendes Interesse. Das tat gut und ich hätte ihm gerne gesagt, wie es gewesen war und wie es mir ging und dass ich ständig an die Frau dachte.

— Was hatte sie zu trinken da?, wollte er wissen.

— Whisky.

— Ooooh, hör bloß auf, sagte er.

— Der Whisky war nicht so übel, wie du glaubst.

— Trotzdem bist du ganz schön verkatert, gab er zurück.

— Ich hatte gehofft, man würde es nicht sehen.

— Deine Augen sind feuerrot.

— Dann gehe ich wohl am besten nach Hause.

— War es mit der Frau gut?

— Nicht so, wie du denkst.

— War es Kristín?

— Nein.

Er goss mir etwas von seinem Kaffee in mein Glas, denn von den Milchshakes war mir ganz kalt. Das war nicht schön, und ich versuchte es mit einer Zigarette. Sie schmeckte ebenso wenig, und ich drückte sie im Aschenbecher wieder aus.

— Dann werden wir jetzt Gänse schießen gehen, sagte Guðmundur.

— Du bist wohl übergeschnappt.

— Nein.

— Vielleicht nicht ganz und gar, aber …

— Wir packen eine Flasche ein und fahren weit raus. Und wenn du wieder zurück kommst, hast du die Sache vergessen.

— Da gibt es nichts zu vergessen. Das hier ist ganz einfach ein Brummschädel, sonst nichts.

— Ich kenn dich doch.

— Du verstehst das nicht. Ich bin vorsichtig geworden.

— Und ob wir das machen, und wir bleiben den ganzen Tag weg. Eben weil du vorsichtig geworden bist.

— Das ist aber gar nicht gut, mit so einem Brummschädel.

— Genau deshalb fahren wir.

— Das wäre pure Folter.

— Du hast wohl überhaupt keinen Mumm mehr.

— Teufel!

— Komm schon.

— Wenn's unbedingt sein muss.

— Ja, das muss es, sagte er.

Dann sprachen wir nicht weiter darüber, und er trank seinen Kaffee aus. Von der Bar gingen wir zu ihm nach Hause, um seine Jagdausrüstung zu holen. Es war eine zweiläufige Schrotflinte, die er sehr in Ehren hielt und in einem Futteral aus Segeltuch aufbewahrte. Dann fuhren wir zu mir, und ich schloss meinen Wagen ab, da wir seinen nehmen wollten. Ich ging hinein, verstaute ein paar Munitionspäckchen in einer Segeltuchtasche und packte eine Flasche Cognac dazu. Guðmundur wartete draußen im Wagen. Dann nahm ich meine eigene Flinte und trug sie mitsamt der Munitionstasche die Treppe hinunter.

Im Treppenhaus war niemand zu sehen. Anders als Guðmundur war ich kein großer Sportsmann, und es wäre mir unangenehm gewesen, mich hier mit einem Gewehr sehen zu lassen. Guðmundur dagegen war ein ausgezeichneter Schütze und hätte es gut gefunden, ich wäre das auch. Wir legten die Flinten auf den Rücksitz des Wagens und rollten aus der Stadt. Der ganze

Tag lag vor uns, und Guðmundur fuhr langsam. Wir sprachen wenig; mein Kopf und meine Augen erholten sich allmählich, ohne dass ich zum Cognac greifen musste. Ich wollte bei klarem Verstand sein, wenn wir die Wildgänse zu Gesicht bekämen, deshalb lohnte es sich, ohne Alkohol auszukommen. Ein paar Milchwagen kamen uns auf ihrem Weg in die Stadt entgegen, und bis zum Hvalfjörður war die Fahrt eintönig. Gegen zehn erreichten wir Ferstikla, also würden wir noch vor dem Mittag am Borgarfjörður sein.

— Sind um diese Tageszeit die Wildgänse nicht alle in der Luft?

— Keine Ahnung, sagte Guðmundur.

— Nachmittags sind sie jedenfalls enorm schreckhaft.

— Dann warten wir eben, bis es Abend wird und sie sich beruhigen, sagte er.

— Du wirst sie ziemlich direkt ins Visier nehmen müssen, mit diesem belgischen Schießeisen.

— Sag nichts gegen meine Flinte.

Wir fuhren am Leirárvogur entlang, und die Frau war die ganze Zeit mit dabei. Ich versuchte, das Gespräch wieder auf die Vögel zu bringen, und Guðmundur ging bereitwillig darauf ein. Mit Vögeln kannte er sich aus, und es machte ihm auch Spaß, über sie zu reden.

— Vögel sind edle Tiere, sagte er.

— Raubvögel nicht.

— Aber die meisten anderen.

— Die, die im Frühjahr kommen.

— Ja, die. Niemand weiß es im Voraus, bevor sie hier sind, sagte er.

— Als kämen sie über Nacht, sagte ich.

— Da kann es im Kalender längst Frühling sein und Schnee

und Eis lange weggetaut, aber so richtig glaubst du es erst, wenn die Vögel da sind.

— Das sind edle Tiere, die Vögel.

— Ihre Ankunft ist so ziemlich das Einzige, worauf du dich verlassen kannst.

— Was die Jahreszeiten angeht.

— In allem.

— Und doch ist der Mai kein Monat der Gewohnheit, warf ich ein.

— Nein, ganz im Gegenteil. Er ist ein Monat der Veränderung, der Umwälzung und des Tauwetters, sagte er, und dann redete er noch etwas mehr über den Mai.

– Im Mai gibt es stille kleine Seen auf den Wiesen, wenn die Schneeschmelze spät eingesetzt hat. Gedichte werden gemacht, über das Sonnenlicht, die Schwermut und den Goldregenpfeifer, wie nirgends sonst auf der Welt, denn nirgends sonst kommt der Frühling so wie hier. Was für eine Glückseligkeit, ein Kind zu sein und seine Ankunft zu spüren, das sollte man nie vergessen, denn heute liegt der Frühling nicht mehr still und träge über dem Scheunenvorplatz, so wie damals zuhause, nein, unser Frühling ist ein Stadtfrühling geworden. Und die nächste Generation wird überhaupt keinen Frühling mehr kennen, nicht die Stille und nicht die wasserblauen Wolken über der Hochebene; und man sollte auch nicht vergessen, dass unser Frühling nirgends weiterleben wird als in unseren Erinnerungen, und in einem Gedicht über Schwermut und Liebe auf dem rotbraunen, vom Schnee befreiten Land. Den Frühling findest du nicht in den Autos, sondern im eisigen Schmelzwasser unter den Füßen des Kindes, das durch die Seen auf der Wiese watet, im Geruch, im Licht und in der Erde. So ist der Mai.

— Du hörst dich nicht an, als ob du gleich Wildgänse schießen wolltest, sagte ich.

— Einen Vogel zu töten, kann lebensnotwendig sein.

— So?

— Manchmal muss man das töten, was einem lieb und teuer ist, um sich abzuhärten.

— Wie das?

— Entweder du bist der Jäger oder der Vogel. Wenn du der Vogel bist, dann hast du die Würde. Aber sie kann dich nicht davor bewahren, auf der verkehrten Seite des Gewehrlaufes zu landen. Bist du der Jäger, dann überlebst du. Es schadet nichts, sich das von Zeit zu Zeit vor Augen zu halten.

— Und du meinst, so ist das mit allem?

— Ja, außer jetzt gerade, wo es vor allem darum geht, dich aus der Stadt zu schaffen, damit du den Frühling spürst und siehst, wie schön es am Borgarfjörður ist.

— Ich weiß, wie schön es am Borgarfjörður ist.

— Jetzt wollen wir mal nicht sentimental werden, sagte er.

— Gerade jetzt wäre ich das aber gerne.

— Alles wegen der Frau.

— Nein, weil du vom Frühling geredet hast. Auch als ich klein war, kam der Frühling, und er war ganz genauso wie dein Frühling am Borgarfjörður. Bloß, dass er ein Skagafjörðurfrühling war. Aber auch er begann jedes Jahr mit Seen auf den Wiesen.

Wir fuhren am Fuß des Hafnarfjall entlang, und der Wagen glitt schnell durchs helle Sonnenlicht. Das Meer war tief blau und leicht gekräuselt, bis auf die glatten, hellen Streifen entlang der Küste, dort, wo die Küste den Wind vom Festland abschirmte.

— Schön, auch in dir tief drinnen den Bauern zu finden, sagte Guðmundur.

— Naja, das ist lange her …

— Und doch hat er überlebt, genau wie in mir und in vielen anderen.

— Warum sollte er sterben, erwiderte ich.

— Eben, sagte er. – Nicht, solange er in den Dörfern und Gehöften weiterlebt, in ihrer Kraft und in ihrer Fruchtbarkeit und in ihrem stillen Stolz.

— Und wenn er doch stirbt?

— Dann wird dieses Land schon bald niemand wiedererkennen.

Wir schwiegen, als gäbe es vorerst nichts weiter zu sagen. Die Hvítá mit ihrem weißlich schäumenden Hochwasser trug ihren Namen zu Recht. Nun bekamen wir Gegenverkehr, und auch in unserer Richtung waren viele Autos nach Borgarnes oder hinauf an den Borgarfjörður unterwegs, manche von ihnen wollten vielleicht noch weiter nordwärts über die Hochebene. Guðmundur wollte in Borgarnes Station machen. Er hatte dort einen Onkel und hatte vor, bei dem zum Mittagessen vorbeizuschauen, und so fuhren wir dorthin.

Der Onkel war ein umgänglicher Mann, und Guðmundur hatte ihm eine Flasche Aquavit mitgebracht. Nach dem Mittagessen bekamen wir gleich davon angeboten und tranken unseren Kaffee mit Schuss. Dann kam das Gespräch auf die Wildgänse, und der Onkel erklärte, dass fast alle Landbesitzer dort in der Gegend die Jagd auf Vögel verboten hätten. Wenn man aber außer auf den öffentlichen Gemeindewiesen nirgends schießen durfte, hatte das Ganze wenig Sinn, und das konnte der Onkel nur bestätigen. Er goss noch etwas Aquavit nach und beklagte bitter, dass er kein Land mehr besaß und hier herunter nach Borgarnes gezogen war, aus einer Gegend, wo die Moore schwarz vor Wildgänsen waren. Nachdem er seinen Kaffee großzügig angereichert hatte, wurden die Moore noch um einiges schwärzer. Er riet uns, mit dem dort ansässigen Bauern zu reden – Guðmundur kannte ihn flüchtig, die Verhältnisse vor Ort dafür umso besser –, dann hätte alles seine Ordnung, und wenn das Moor nur ordentlich schwarz sei, dann nichts wie ran an die Vögel.

Wir fuhren am Fjord entlang, und es war schon spät am Tag, als wir den Bauern endlich fanden. Er gestattete uns, im Moor zu jagen, freute sich über den Besuch und war so freundlich, uns sogar hinaus ins Moor zu begleiten, um zu sehen, wie wir zurechtkamen. Wir mussten eine Weile marschieren, bis wir das Moor erreichten, und der Bauer plapperte die ganze Zeit munter vor sich hin, doch wir hörten kaum, was er sagte, denn wir hatten nur die Vögel im Sinn.

— Gibt es hier Geländespalten?, fragte ich.

— Nein, entgegnete er. Wir gingen über Heideland oberhalb der Hausweiden, kürzten dann schräg über ein Geröllfeld ab, um etwas weiter unten unseren Weg fortzusetzen und kein Aufsehen zu erregen. Vor uns erstreckte sich ein breiter Moorrücken, glatt und ausdruckslos und auch nicht schwarz vor Vögeln.

— Hier sind um diese Tageszeit keine Wildgänse, sagte ich.

— Sei optimistisch, sagte Guðmundur. Auch der Bauer hielt jetzt nach Vögeln Ausschau. Er sah sie als erster. Sie hockten dicht beieinander, weit weg und unerreichbar, denn dazu hätten wir wieder über das Geröll kriechen müssen, und bis wir uns auf Schussnähe herangepirscht hätten, wären sie sicher längst aufgeflogen.

— So kriegen wir sie nie, sagte Guðmundur.

— Und wenn ich euch ein Pferd leihe?, erbot sich der Bauer.

— Sollen wir ihnen vielleicht hinterhergaloppieren?, grinste ich, und wir mussten lachen, bis der Bauer meinte:

— Nein, zur Tarnung. Vor Tieren erschrecken sie nicht, schließlich haben sie die Schafe und Pferde ständig um sich herum. Ich habe auf dem Hof ein Pferd, das kann ich euch geben.

— Dann müssten es aber zwei Pferde sein, warf ich ein.

— Ich hab aber nur das eine,sagte er.

— Ein Schaffell würde es auch tun, wenn du eins hättest, sagte Guðmundur.

— Und wer soll sich das Fell überziehen?, fragte ich.

— Du, sagte Guðmundur.

— Ein Schaffell könnt ihr auch haben, sagte der Bauer.

— Du machst dir unseretwegen viel zu viel Umstände, sagte ich.

— Überhaupt nicht. Er steuerte auf das Geröllfeld zu, um Pferd und Schaffell zu holen. Wir hockten uns ins Gras und warteten. Auf der Bucht glänzte das Sonnenlicht, dahinter sah man Felskanten und flache Bergrücken, und noch weiter hinten ragten die Berge in den Frühlingshimmel, blauschwarz mit leuchtend weißen Schneeflecken.

— Da sind noch mehr, sagte ich, — ein Stück weiter südlich, und lenkte seinen Blick über das Moor. Wo ich hinzeigte, saßen mindestens vier Vögel. Sie waren dichter bei uns als die anderen, und wir würden dort vorbei müssen, wenn wir den größeren Schwarm vor die Flinte kriegen wollten.

— Wenn wir schießen, flattern sie überall aus dem Moor auf, sagte Guðmundur, — auch die, die wir von hier aus gar nicht sehen.

Nach einer Weile kam der Bauer, er hieß Sigurður, mit dem Pferd; das Schaffell hing ihm über dem Rücken. Es war ein schwarzbraunes Fell, und das war besser als ein weißes. Guðmundur ging mit dem Pferd ins Moor hinunter. Es ließ sich geduldig führen und bot ihm eine gute Tarnung. Ich legte mir das

Fell um die Schultern und schlich geduckt in den Fußstapfen der beiden das Geröllfeld hinunter.

— Ich werde hier auf euch warten, sagte Sigurður. Das Schaffell verströmte einen schweren Wollgeruch, und wir stapften lange durch das Moor vor uns hin. Ich lief etwas abseits nebenher und kam auf dem durchweichten Boden nur mühsam voran. Als wir uns dem Grüppchen näherten, reckten die Vögel die Hälse, gaben aber keinen Laut von sich. Wir wussten, sie taten das nicht vor Schreck, sondern aus Neugier. Nachdem wir die Vögel reibungslos passiert hatten, blieb Guðmundur stehen und wendete das Pferd, um sich unter den Hals des Tieres zu ducken und von dort die anderen Gänse ins Visier zu nehmen. Das Pferd stand reglos, und ich kroch heran. Unter dem Schaffell war es unerträglich heiß. Meine Vögel waren inzwischen näher herangekommen und in einigermaßen günstiger Schussposition.

— Wir müssen gleichzeitig schießen, flüsterte Guðmundur unter dem Pferdehals hervor.

— Du gibst das Zeichen, sagte ich.

— Ich sage Jetzt, und dann drückst du ab.

— Alles klar.

Ganz langsam legten wir unsere Flinten an. Durch die Bewegung waren die Vögel unruhig geworden, gurrten und krächzten und ich nahm sofort den ersten besten ins Visier, ohne zu versuchen, mehrere gleichzeitig vor den Lauf zu bekommen. Sie schlugen mit den Flügeln. Der Vogel saß zitternd vor meiner Flinte und ich kauerte unter dem Schafspelz und lauschte auf das Jetzt. Doch es kam nicht. Es war quälend, auf dieses Jetzt zu warten, so lange, bis sich alles in ein einziges großes Geflatter auflöst, bevor das Wort, bis zum Äußersten hinausgezögert, endlich kam … Er sagte es leise. Dann legte sich der Finger um den Abzug, und es folgte ein dumpfes Donnern, ein Knall nach dem anderen, ohne Pause dazwischen, und dazu das feine, schrille Pfeifen des Gewehrlaufs. Der Vogel schlug auf den morastigen Boden und streckte die ausgebreiteten Schwingen ins dürre Gras. Es war, als ob die Erde plötzlich zum Leben erwachte und sich in den Himmel erhob. Ich sprang hinzu, um dem Vogel die Qual zu verkürzen. Die Schrotkugeln hatten ihn von vorne durchbohrt und ihn dann im Rücken erwischt, als er versucht hatte, davonzufliegen, daher gab es bei diesem hier nichts mehr zu verkürzen. Guðmundur hatte mit seiner belgischen Kunstdüngerschleuder gleich drei auf einmal erwischt. Das Pferd zitterte. Die Schüsse steckten ihm noch in den Knochen. Wir legten ihm das Schaffell über, warfen die Vögel und unsere Flinten über die Schulter und nahmen das Tier am Zügel. Als wir den Rand des Geröllfeldes erreichten, tänzelte es noch immer unruhig und verschreckt. Ich spürte, wie mir das Wasser in die Schuhe lief. Wir waren beide mit Schlamm verschmiert, und Guðmundur war tropfnass. Sigurður nahm sein Pferd in Empfang, und dann gingen wir auf den Hof zurück und hängten die Gänse an der Holzwand des Vorratsschuppens auf, hoch genug, damit die Hunde nicht daran herumschnüffelten. Sigurður bat uns hinein, und ich kramte in meiner Segeltuchtasche nach dem Cognac, den ich dem Bauern schenken wollte. In der Küche bekamen wir Kaffee und verteilten den Schlamm aus dem Moor auf dem frisch gewischten Küchenboden der Hausfrau. Es war warm, wenn man aus dem Vorratshaus hereinkam, und die Frau setzte sich zu uns und bediente sich ebenfalls. Sie hatten zwei Jungen, die gleich hinausliefen, um die Vögel zu bestaunen. Wir unterhielten uns ausgiebig über das Wetter und die erwachende Natur. Später zogen wir noch einmal los, um zu sehen, ob nicht noch mehr Wildgänse zu holen wären.

SECHS

Die Vögel lagen mitsamt den Schrotflinten auf dem Boden vor dem Rücksitz, im Wagen herrschte Stille bis auf das leise Surren der Reifen auf dem Asphalt. Es war ziemlich spät geworden, und wir hatten noch oft in die Munitionstasche gegriffen. Oben im Moor hatten wir keine weiteren Wildgänse mehr geschossen, hatten einige vorbeifliegen sehen und bis zum Abend auf der Lauer gelegen, doch dann war kein Vogel mehr aufgetaucht. Wir fuhren am Hvalfjörður entlang und nahmen die Brücke über die Laxá, dann nach Kjós hinunter und wieder bergauf, und von der Anhöhe sahen wir die Lichter der Stadt, dicht an dicht in der Abendluft, als läge eine weißliche Haut über der Halbinsel. Und dann kam sie, mit den Lichtern, und es war ein starkes, warmes Gefühl, sie auf einmal ganz in der Nähe zu wissen. Ich spürte ihren Herzschlag, ihre Haut und ihr Gesicht in diesen Lichtern, denn irgendwo dort unten im Lichtermeer musste sie sein.

— Das ist großartig, sagte Guðmundur.

— Ja.

— Bist du schon mal bei Regen hier auf der Anhöhe gewesen?

— Nein, im Regen noch nie.

— Im Regen sind die Lichter anders.

— Die Lichter sind unglaublich, wenn man unterwegs war und in die Stadt zurückkehrt.

— So wie wir, sagte er.

— Ja, so wie wir, sagte ich.

— Weil die Frau da unten ist.

— Unter anderem.

— Und jetzt gehst du zu ihr.

— Ja, jetzt, sagte ich.

— Sieh dich vor.

— Ich werd's versuchen.

— Damit es nicht so endet wie damals mit Kristín, und mit Björg, und …

— Hör auf, sagte ich.

— Entschuldige.

— Manche wissen von Anfang an, dass es auf so etwas hinausläuft.

— Das ist traurig, sagte er.

— Und warten geradezu darauf, dass es zu Ende ist, fügte ich hinzu.

— Glaubst du, dass es auch diesmal so wird?, fragte er.

— Vielleicht wird es niemals anders.

Die Landschaft war flach und wirkte im Vorbeifahren schwarz und düster, die Gehöfte waren unbeleuchtet. Als die Bebauung entlang der Straße zunahm, wurde es allmählich heller, und nach kurzer Zeit hatten wir die Vororte erreicht und waren mitten auf der Suðurlandsbraut, um uns dichter Verkehr, Gehupe und Lärm. Wir fuhren um den Kreisel, über die Straße und rollten auf den Parkplatz. Guðmundur wartete im Wagen, während ich in die Zentrale hineinging. Ein paar Kollegen spielten Karten, und ab und zu tönte eine Ansage aus dem Lautsprecher. Eiki kam herüber und wollte wissen, wo ich gewesen sei, ich erzählte es ihm, doch er wollte mir nicht glauben, bis ich vorschlug, er solle doch auf den Parkplatz hinaus gehen und sich selbst davon überzeugen, dass es stimmte. Auch die anderen wollten jetzt gern wissen, ob ich Lügen erzählt hatte oder nicht, und ich machte mich davon in Richtung Fernsprecher, um sie anzurufen. Ich suchte Ólafur Faxen im Telefonbuch heraus und drehte auf der Wählscheibe sorgfältig Ziffer für Ziffer. Ich starrte auf die Kritzeleien an den Wänden der Zelle und hörte es am anderen Ende klingeln, mir wurde heiß vom Warten, und meine Handflächen fühlten sich feucht an. Es klingelte ziemlich lange, bevor sie abnahm. Ich erkundigte mich, wie es ihr ginge und sie sagte, gut, und ich sagte, ich sei oben am Borgarfjörður gewesen und hätte Wildgänse geschossen, zwei, genau genommen, log ich, und ob ich ihr nicht einen der Vögel anbieten dürfte. Sie fragte, ob das ernst gemeint sei, und ich sagte ja, das sei ernst gemeint. Dann sagte sie, ich sei ein feiner Kerl und ob ich nicht jetzt gleich mit den Vögeln vorbeikommen wolle, und ich sagte, das könne ich gerne tun. Wir verabschiedeten uns, der Telefonhörer in meiner Hand war mittlerweile nass vom Schweiß, und in der Zelle war es unerträglich heiß. Ich ging auf die Toilette und wusch mir die Hände. Durch die Luke sah ich Hæi und Eiki draußen vor dem Auto die Gänse bestaunen. Guðmundur stand daneben und äffte mich mit meinem Schaffell nach, und alle lachten. Er sollte bloß aufpassen, gleich würde ich rauskommen und vorführen, wie er mit dem Pferd im Schlepptau durchs Moor gestolpert war. Ich ging auf den Parkplatz.

— Eigentlich verrückt, sagte Eiki.

— Was?, fragte Hæi.

— Gänse schießen, erklärte Eiki. Er hielt einen der Vögel im Arm und strich ihm über den Hals und die breite, weißgefiederte Brust.

— Kriegst wohl unanständige Phantasien dabei, sagte ich.

— Es sollte verboten sein, sie zu schießen, sagte Hæi.

— Sei unanständig, aber schäm dich wenigstens dafür, sagte Eiki.

— Ihr beide solltet euch vielleicht mal zusammentun, meinte Hæi.

— Das wär zu viel des Guten, wandte Guðmundur ein.

— Er ist nämlich ein Vogelschänder.

— Was ist das denn?

— Er ... macht's am liebsten mit dem Federvieh.

— Und ich dachte, das wär eine spezielle Jagdmethode, sagte Hæi.

— Mann, ist der Hæi dämlich, sagte Eiki.

— Du wusstest es doch auch nicht, gab Hæi zurück.

Guðmundur setzte sich wieder hinters Steuer, und Eiki legte den Vogel zurück in den Wagen.

— Ihr hättet ihn mal sehen sollen, wie er mit dem Pferd..., machte ich ihn mit dem Pferd am Zügel nach.

— Ich kann's mir vorstellen, ihr beide müsst wirklich sehenswert gewesen sein, sagte Eiki. Ich ging um den Wagen herum und setzte mich auf den Beifahrersitz, und die anderen schlenderten zurück zur Station.

— Bis dann, Jungs, Eiki verabschiedete sich.

Wir fuhren vom Parkplatz, und Guðmundur fragte, ob ich gleich nach Hause wollte. Ich sagte, ich müsse davor noch einen kurzen Besuch machen, und da wollte er wissen, wo, und ich sagte, im Faxenhaus. Er warf mir einen kurzen Seitenblick zu, doch im Dämmerlicht des Wageninneren sah ich seine Augen nicht und konnte auch sein Gesicht nur schemenhaft erkennen. Ich spürte, wie seinen Blick schwer auf mir lag, das war unbehaglich und verwirrend. Dann schaute er wieder vor sich auf die Straße, und wir fuhren schweigend weiter.

— Ist es Guðríður Faxen?

— Sie wohnt da drüben.

— Ist sie es, die du besuchen willst? Seine Stimme war heiser und gedrückt und klang plötzlich traurig.

— Du kennst Guðríður Faxen?

— Nein.

— Aber?

— Nichts.

Wir fuhren an der Hafenmauer entlang, Sturm kam auf und pfiff durch die Straßen.

— Gehst du jetzt zu ihr?

— Ja.

— Und vorhin wolltest du rein, um sie anzurufen.

— Ich habe ihr erzählt, ich hätte zwei geschossen.

— Du willst ihr also zwei mitbringen?

— Am liebsten, wenn du nichts dagegen hast.

— Nimm sie alle mit.

— Nein.

— Sonst werden sie nur schlecht.

— Na meinetwegen. Mit den ergebensten Grüßen von Guðmundur.

— Nein.
— Warum denn nicht?
— Du kannst alleine mit deiner Oberklassenhure herumturteln.
— Warum sagst du das?
— Weil sie alle gleich sind.
— Du kennst sie doch gar nicht.
— Wenn du meinst.
— Oder vielleicht kennst du sie auch.
— Nein.
— Ich finde es ein bisschen gemein, sie Hure zu nennen.
— Ich hab's doch nicht so gemeint, sagte er.

Wir hielten vor dem Geschäft, ich nahm die Vögel aus dem Wagen und bedankte mich für alles. Ich sagte, ich würde hinterher zu Fuß nach Hause gehen, und er lächelte kurz. Ich sah ihm an, dass es ihm leid tat, was er gesagt hatte. Sein schwarzes Auto rollte die Straße hinunter, und ich wusste, dass er mich im Rückspiegel beobachtete. Ein Mann und eine Frau kamen aus der anderen Richtung, ich ließ sie vorbei und ging hinein. Im Treppenhaus war es hell, und oben im Hausflur auch, sie hatte mich kommen hören und stand wartend in der geöffneten Wohnungstür. Es war vertraut und schön, sie dort im Türrahmen stehen zu sehen. Sie wollte mir die Vögel abnehmen, doch ich bot an, sie für sie hinunterzutragen, und dann stiegen wir hinab in den Keller und legten sie auf eine große, leere Kekskiste. Sie lagen auf dem Rücken, und ihre Hälse hingen über den Rand der Kiste. Die Flügel waren dicht an ihre Körper gedrückt, und getrocknetes Blut klebte schwarzrot in ihrem weißen Gefieder.

— Sie sehen aus wie Hoflakaien in Livree, sagte sie.
— Abgesehen vom Blut.
— Tod und Blut gehören nun mal zusammen.

— Bei geschossenen Wildgänsen jedenfalls.
— Aber nicht bei Lakaien.
— Nein.
— Und doch können auch die bluten.
— Nicht wirklich.
— Doch, aber vielleicht bluten sie nicht so schön.
— Blutet überhaupt jemand schön?
— Deine Vögel.
— Jetzt sind es deine.
— Unsere Vögel.

Wir stiegen die Treppe wieder hinauf und gingen in die Küche. Sie fragte, ob ich hungrig wäre und etwas essen wollte, und ich bat sie um ein Glas Milch. Meine Hosen waren lehmverschmiert und ich wusste, wie verdreckt meine Schuhe nach diesem Jagdausflug waren. Sie stand an der Küchenbank neben der Spüle, und ich erzählte ihr von der Gänsejagd. Ich stellte das Glas ab.

— Gehst du oft Gänse schießen?, fragte sie.
— Hin und wieder.
— Aber er ist richtig in seinem Element, dieser Freund von dir.
— Er ist ein echter Sportsmann.
— Und du nicht?
— Nein.
— Ich glaube aber doch, dass du einer bist.
— Nein, bin ich nicht.

Nun war sie ganz nah. Ich sah ihre Wange und ihr Auge mit den gelben Punkten um die Pupille und ihren blauen Ohrring.

— Doch, das glaube ich, sagte sie. Ich sah ihre weißen Zähne, und dann sah ich nicht mehr ihr Gesicht, sondern nur noch die Bewegung ihrer Lippen, so als wolle sie etwas sagen, vielleicht noch einmal, dass sie mich für einen Sportsmann hielt. Und dann lag sie auf einmal in meinen Armen und lehnte sich fest an mich. Der Wasserhahn tropfte, und ich hörte, wie die Tropfen fielen, bis sie irgendwann nicht mehr tropften und es nichts mehr gab außer ihr und ihren Händen, die meinen Hals streichelten, in mein Haar hinauf wanderten, und es mit den Fingern zerzausten.

— Gut, dass du zurückgekommen bist, sagte sie.

— Man möchte stolz sein, aber man kann es nicht.

— Ich wünschte, ich wäre stolz, so wie du.

— Und man will niemandem etwas tun, will in seinem Leben niemanden verletzen und niemandem Schmerz zufügen, aber man schafft es nicht.

— Ja, sagte sie.

— Und jetzt sollte ich gehen.

— Nein, geh nicht.

— Das hier muss sowieso aufhören.

— Sprich nicht vom Aufhören.

— Vielleicht spielt es keine Rolle, ob man davon spricht.

— Oder daran denkt.

— Das hat man nicht in der Hand.

— Wir sollten im Hier und Jetzt zusammensein, und wenn es aufhört, dann gibt es kein Hier und Jetzt mehr.

— Aber dann fällt der Abschied schwerer.

— Nein.

— Lass uns vernünftig sein.

— Ja, das Leben ist so kurz.

— Ich meinte, anders vernünftig.

— Dann lass uns nicht vernünftig sein, sondern verrückt und unbesonnen, aber nicht einsam.

— Gut, dass ich dich gefunden habe.

— Gut, dass du zurückgekommen bist.

Wir lehnten an der Küchenbank, und ich fand es sehr unbequem, sich hier in der Küche zu lieben. Ich fragte, ob ich ein Bad nehmen dürfte, denn ich war noch immer voller Schlamm und Dreck. Sie ließ mir das Badewasser ein und reichte mir einen Morgenrock ihres Mannes, und einen Pyjama für hinterher. Es war fast, als wären wir verheiratet, abgesehen von der kleinen Unannehmlichkeit, Morgenrock und Pyjama ihres Ehemannes tragen zu müssen. Es fühlte sich kühl an, nach dem heißen Bad in ihr Bett zu kriechen, und aus Bettdecke und Kopfkissen wehte ein Hauch ihres Parfüms. Nun spülte sie die Badewanne aus, und anschließend hörte ich sie in der Küche hantieren. Auf dem Gang klingelte das Telefon, sie nahm ab und sagte, nein, das sei unmöglich, und dann noch einmal, unmöglich, und nochmal nein, vollkommen unmöglich. Sie klang ärgerlich und legte den Hörer unsanft auf die Gabel. Dann kam sie ins Zimmer, löschte das Licht und zog sich im Dunkeln aus. Es war nicht besonders finster und sie sagte, ich solle mich umdrehen. Vielleicht war sie verlegen, denn diesmal war kein Whisky im Spiel. Während ich noch von ihr weggewandt lag, kroch sie zu mir ins Bett, und es war sehr still und um uns herum tiefe Nacht.

SIEBEN

Die Tage wurden wärmer, und es dauerte länger, bis es Nacht war. Ich fühlte mich immer wie auf dem Weg zur Kirche, wenn ich die Treppe hinaufstieg und auf die Klingel drückte und sie im Flur stehen sah und ihre offene Wohnungstür und den roten Vorhang, und dann war es Nacht. Und die Helligkeit im Zimmer und sie an meiner Seite, ihr dunkles Haar auf dem Kopfkissen und ihr offener Mund, denn so war sie es, wie sie sagte, von klein auf gewöhnt; und neben ihr einschlafen und mir ihr aufwachen und die Schläge der Turmuhr an der Domkirche unten in der Stadt, und die Straße still und draußen taghell. Und den anderen immer in unmittelbarer Nähe zu wissen, allenfalls hin und wieder in der Küche, um sich ein Glas Milch oder Fruchtsaft zu holen, aber niemals Whisky, denn das hatten wir nicht nötig, um im Bett das Tier mit den zwei Rücken zu machen. Wir sprachen nie davon, dass es zu Ende sein könnte und auch nicht davon, dass ihr Mann im Juli operiert werden sollte. Nur ihre Mutter rief ihn immer wieder ins Gedächtnis. Sie war an jedem Wochenende bei Gógó, und deshalb konnten wir Samstags und Sonntags nie zusammensein, dafür aber Montags und an allen anderen Tagen – und Nächten. Sie hatte mir erzählt, dass sie mit ihrer Mutter Bekannte besuchte, wo sie dann dabeisitzen und plaudern musste, oft bis spät in die Nacht; das sei todlangweilig, und deshalb sei sie Montags oft müde und übernächtigt und keine große Liebhaberin. Ich bekam einen Groll gegen ihre Mutter, die ihr solche Last auferlegte und die einzige war, die mich daran erinnerte, dass Gógó die Frau eines anderen war, der eines Tages hier auftauchen und das zwischen uns ein für allemal beenden könnte. Ich ging immer zu Fuß zu ihr, damit mein Wagen nicht vor ihrem Haus stand und die Nachbarn misstrauisch machte. Stattdessen stellte ich ihn auf öffentlichen Parkplätzen ab, außer während der einen Woche, als er in die Werkstatt musste, und da hatte ich dafür gesorgt, dass die Jungs mich nachts zuhause vermuteten.

Im Juni war Guðmundur viel über Land unterwegs, wir sahen uns nur selten und spielten auch nicht Schach, schließlich war es Sommer. Für uns im Innenstadtdienst war es ziemlich trostlos, in unseren Taxis eingesperrt zu sein oder in der Station herumzusitzen und darauf zu warten, sich wieder und wieder hinter dem Steuer zu verschanzen und den Kampf gegen Benzingestank, Kohlenmonoxid und den alles durchdringenden Motorenlärm aufzunehmen, dort drinnen an diesem vermeintlich so stillen, schattigen Ort, und draußen die gleißende Sonne und die willkommene Kühle grüner, duftender Tannennadeln. Dann schrie alles in uns: fort!, während andere sich in der Sonne bräunten und die frische Brise des sanft blauen, fein gekräuselten Meeres atmeten, und die Wärme der erdbraunen, blassgrün gemusterten Landschaft.

Guðmundur fuhr einen ziemlich neuen Wagen, und er hatte das alles gesehen und erzählte uns davon, wenn er, von Osten oder von Westen kommend, zwischen zwei Fahrten bei uns Station machte, so wie alle Kollegen, die schnelle Autos fuhren. Schon seit Ende Mai bekamen wir mit den älteren Kisten den Unterschied zu spüren, wie die mit den neuen Autos es sichtlich genossen, dem eintönigen Kleckerkram in der Innenstadt zu entkommen. Bis zum Juni hatte sich das so verstärkt, dass es uns ständig beschäftigte. Hin und wieder versuchten wir, das Ganze in einem spontanen Besäufnis mit Brennivín wegzuspülen, aber davon wurden unsere Klapperkisten nur noch unerträglicher und tuckerten nur noch jämmerlicher durch die Sommerhitze, während alles um uns herum kahl und aussichtslos war, und die Stadt ein einziger lang gezogener Schrei. Im Juni war auf der Strecke hinaus zur Militärbasis ziemlich viel los. Doch obwohl wir an diesen Fahrten gut verdienten, nahmen wir den Sommer nicht wahr, denn nichts, gar nichts konnte ihn uns ersetzen, erst recht nicht die Mädchen, meist blutjunge Dinger, für die es nichts weiter als ein Abenteuer war, mit einem Soldaten unterwegs zu sein und in einer Staubwolke über den Keflavíkurvegur zu rasen. Es war wie während der Besatzungszeit im letzten Weltkrieg, nur, dass damals mehr Fahrten draußen an der Hafenmauer unter tränenreichen Abschiedsworten geendet hatten — inzwischen war es bloß noch ein dumpfer Schmerz, während man versucht, alles zu vergessen.

Nun aber fand dieses erhabene Vorspiel erneut auf dieser Straße statt, in diesem hellen, unbeschwerten Sommermonat mit seinen wundervollen Nächten, immer dann, wenn die Mutter nicht im Faxenhaus erschien, um ihre Tochter zum Bekanntenbesuch abzuholen. Hier, in den grauen, immer gleichen Schwaden über dem Lavafeld und im Dröhnen des Verkehrs würde es nun erneut gegeben, während der Staub aufwirbelte und das Surren der Achsen und das Dröhnen der Motoren einen neuen Refrain anstimmten: über ein anderes Schiff, das irgendwann aus dem Hafen segeln wird, während andere Mädchen an der Kaimauer stehen.

Wenn es nicht Keflavík war, nachts und frühmorgens an den Wochenenden in diesem Juni, dann waren es kleine Fahrten zwischen den Kinos und Tanzlokalen der Innenstadt. Ich dachte oft an die anderen, die da draußen auf der Landstraße, während ich wartete, dass die Neunundsiebzig aufgerufen wurde, die Neunundsiebzig hierhin oder die Neunundsiebzig dorthin. Ich freute mich immer, Guðmundur zu begegnen, wenn er gerade nicht unterwegs war, und wenn wir nicht über Autos redeten, erhitzten wir uns über Politik. Nur Gógó erwähnte er nie, so als wäre sie niemals der Anlass gewesen, dass zwischen uns einmal Missstimmung aufgekommen war.

Er war ein erbitterter Gegner unserer ›Schutztruppe‹, und in diesem Punkt waren wir nicht immer einer Meinung. Ich erzählte ihm das eine oder andere von dem, was ich in diesen Tagen mitbekam, manches davon war weder gut noch angenehm, und alle anderen, die nie aus der Stadt herauskamen, sahen das genauso. Wenn man sich das so ansah, hätten wir unsere Unabhängigkeit genauso gut wieder aufgeben können, nur Guðmundur hat wohl immer gewusst, dass die Zeiten nicht ganz so schlimm waren, wie wir sie erlebten.

So vergingen die Tage, ohne dass viel passierte, außer, dass man gegen Ende des Monats sechs von uns wegen Verkaufs von Schwarzgebranntem festnahm. Das war ein Exempel, das sie wegen des Nationalfeiertags an uns statuierten, indem sie uns unterstellten, dass das allgemeine Besäufnis am siebzehnten Juni auf unser Konto ging. Ich war einer von diesen sechs, und es war das erste Mal, dass ich in so etwas hineingeriet. Schwarzverkauf von Alkohol war nichts, worüber sich irgendjemand groß aufregte, mochten die Zeitungen das auch so hinstellen. Als ich Gógó erzählte, dass man mich geschnappt hatte, nahm sie an, dass mir das sehr nahe ging und schlug vor, für ein paar Tage die Stadt zu verlassen. Da das Auto ohnehin bis zum Monatsende in der Werkstatt war, sprach nichts dagegen, mir frei zu nehmen, also fuhren wir in ihrem Buick nach Thingvellir hinauf und nahmen uns ein Zimmer für die Nacht. Gegen Abend ruderten wir auf den See hinaus, und ich brachte ihr die richtige Rudertechnik bei. Doch wir fühlten uns nicht recht wohl dort auf Thingvellir, außer vielleicht draußen auf dem See oder oben auf unserem Zimmer, wo wir uns so benehmen konnten, wie wir wollten. Und auf dem Rückweg beschlossen wir, nicht noch einmal zu versuchen, einen Ausflug zu machen und sein zu wollen wie andere Leute.

ACHT

Als ich in die Stadt zurückkam, war es schon späte Nacht, und ich legte mich sofort schlafen. Es war ein langer und ermüdender Arbeitstag gewesen und ich hatte draußen im Südland einigen Ärger gehabt: zwei Saufkumpane , die ihren Tag damit verbrachten, irgendwelche Freunde aufzuspüren, die es gar nicht gab, und die gleich furchtbar aufdringlich geworden waren; kriecherisch hatten sie sich bei mir eingeschmeichelt, pausenlos gesoffen und dazu hässlich über ihre Verwandten gewettert wie auch über diesen und jenen, der sie nie zum Zug kommen ließe und ihnen nur Steine in den Weg legte, ihnen die Ideen klaute und dann auf ihre Kosten groß rauskam. Seit Mittag hatte ich die zwei herumchauffiert und war den ganzen Tag nicht ein einziges Mal auf die Station gekommen. Es war mitten in der Woche und daher wenig zu tun, und obwohl diese beiden Zeitgenossen nicht die erfreulichste Kundschaft waren, zahlten sie immerhin ihr Fahrgeld, und das war kein kleiner Betrag. Die Sonne schien schon nicht mehr ins Zimmer, als die Frau, bei der ich zur Miete wohnte, hereinkam und mich weckte. Ich hatte den ganzen Vormittag bis in den frühen Nachmittag hinein geschlafen; sie brachte mir einen Brief von Zuhause und brummte, ob es nun nicht langsam an der Zeit sei aufzustehen. Ich las den Brief erst, als ich auf der Station war und meine Nummer an ihren Platz gehängt hatte. Er war von meiner Mutter, und ich war ihr lieber Junge, wie immer. Sie erkundigte sich, was ich denn so trieb, als ob sie nicht genau wusste, dass ich diese elende Taxikarosse durch die Gegend steuerte. Beim Lesen sah ich ihre spöttische Miene förmlich vor mir. Obwohl der Ton, in dem sie schrieb, mir zu verstehen gab, wie sehr ich sie enttäuscht hatte, als ich von zu Hause fortgegangen war, tat es gut, einen Brief von ihr zu bekommen. Sie berichtete ausführlich von zu Hause; wie viel Milch die Kühe gaben und wie die Kälbchen gezeichnet waren, und auch von den Pferden erzählte sie, denn sie wusste, dass Pferde mir etwas bedeuteten. Dennoch schrieb sie nicht so viel wie über die Kühe, denn die waren nun mal ihre Lieblinge. Manchmal hielt sie mir Vorträge über Korruption und Zügellosigkeit, wobei sie ihre Erfahrungen in diesen Punkten allesamt entweder aus dem Alten Testament oder den *Geheimnissen von Paris* oder ähnlicher Schundlektüre bezog. Und wie in jedem Brief bat sie mich, doch endlich zu heiraten.

Im Aufenthaltsraum waren alle Vögel ausgeflogen außer Eiríkur, und der verlor kein Wort darüber, dass ich meinen Brief las. Er fragte nicht, ob die Geliebte geschrieben hätte, und auch nicht, ob ich mir oben im Norden ein Kind hätte anhängen lassen. Es war ungewöhnlich, dass er einem nicht sofort über der Schulter hing, aber das konnte auch daran liegen, dass die anderen nicht dabei waren. Eiki setzte sich neben mich, und ich steckte den Brief in meine Jackentasche. Dreihundertvier ab Station, sagte das Mädel über den Lautsprecher. Wir saßen auf der mit Leder bezogenen Sitzbank, die so stand, dass man die Wand als Lehne benutzen konnte. Er gab mir eine Zigarette und war sehr schweigsam. Ich hätte ihn gern gefragt, ob ihm irgendwas im Magen lag. Eiki streckte sich auf der Bank aus und ließ die Füße über den Rand herunterbaumeln, und ich ließ meine Frage sein und vertiefte mich in die Zeitungen. Die Zeitungen hatten allerhand zu vermelden. Ich las über die Hitze in Europa, die mit dem Sommer bei uns überhaupt nicht zu vergleichen sei. Hier war zurzeit trübes Wetter, und die ersten fünf Julitage waren recht kühl gewesen. In den Inlandsnachrichten gab es zwei Einbrüche und einen Unfall mit Todesfolge, außerdem wenig Hering an der Nordküste. Die Heuernte hatte überall begonnen, und auf den Fischkuttern kam man leidlich zurecht. Auch in der Politik schien man leidlich zurechtzukommen. Ich las alles über den tödlichen Unfall.

— Kennst du dieses Autokennzeichen, Eiki?, fragte ich.

— Welches?

— Ich las das Kennzeichen vor.

— Das ist mein Wagen, sagte er und starrte nach oben an die Decke. Ich bereute meine Frage, weil ich wusste, dass sich so etwas am ehesten durch Schweigen ertragen ließ. Er mochte ein Maulheld sein, aber er war trotz allem ein guter Kerl. Nun verstand ich, was ihn so bedrückte, und man würde es für ihn nur noch schlimmer machen, wenn man versuchte, ihn aufzumuntern mit Worten, die letztlich nur hohle Phrasen wären.

— Ich war das, sagte er und starrte noch immer nach oben an die Decke. Hundertundvierzehn ab Station, rief das Mädel.

— Deine Nummer. Das bist du, Eiríkur, sagte einer der Kollegen. Er antwortete nicht, sondern blieb einfach auf der Bank liegen und starrte an die Decke. Sie rief die Nummer dreimal auf, und dann kam die Zweihundertachtundachtzig. Ihre Stimme war dünn und schrill und hatte ein unangenehmes Knacksen, das genauso störte wie das Stimmengewirr der anderen Fahrer. Beides zusammen verband sich in meinen Ohren zu einem alles übertönenden Lärm; doch Eiríkur neben mir war noch viel schlimmer dran, weil er eben Eiríkur war.

— Ganz ruhig bleiben, sagte ich.

— Er war erst sieben, sagte er und drehte den Kopf zur Seite, dorthin, wo die Bank an die Wand stieß. Wieder ertönte der Lautsprecher, wieder rief das Mädel eine Nummer auf. Der Aufenthaltsraum war bis auf halbe Höhe braun gestrichen, darüber waren die Wände hellgelb, und die Decke ebenfalls.

— Denk nicht drüber nach. Ich weiß, es ist schrecklich, aber du solltet jetzt nicht darüber nachdenken, sagte ich.

— Er war erst sieben.

— So was kann jedem passieren, sagte ich und wusste, dass ihm das nicht weiterhalf, dass ihm jetzt nichts helfen würde außer der Zeit, und wenn er ganz verzweifelt wäre, dann gab es Gott. Der Lautsprecher meldete sich wieder, und das Mädel rief meine Nummer. Ich stand auf und ging aus dem Saal. Als ich wiederkam, nach einer Fahrt zum Flughafen und zurück, war Eiríkur weg; die anderen sagten, er hätte seine Nummer aufgehängt und sei unterwegs. Guðmundur kam herein. Er war die letzten beiden Tage nicht auf Überlandfahrt gewesen. Kurz darauf erschien Hæi. Sie unterhielten sich über den Unfall. Sie sagten, der Junge sei direkt vors Auto gelaufen. Als Eiríkur hereinkam, schwiegen wir ziemlich betreten, und er wusste sofort, dass wir über den

Unfall geredet hatten, da alle so plötzlich verstummten und auch nichts anderes zu bereden hatten. Danach versuchten wir, fröhlich zu sein und herumzualbern, doch es wollte uns nicht recht gelingen, und selbst, als wir es mit ein paar Ferkeleien versuchten, waren wir nicht in der Lage, wenigstens das gescheit zu erledigen. Ein paar von uns fingen an, in den Zeitungen zu blättern, damit man es ihnen nicht anmerkte, dass sie über den Unfall grübelten. Ich bekam ein paar Fahrten, und um kurz nach sieben ging ich zum Essen hinüber in die Bar. Das Frollein war bestens aufgelegt und vertraute mir an, dass sie hier aufhören und bald heiraten werde und dass es ihr wegen uns, Guðmundur, Róbert und mir, am meisten leid täte. Alle anderen wären ihr ziemlich egal. Ich erzählte ihr von der Sache mit Eiki und sie sagte, er wäre ein guter Junge, trotz allem, und vielleicht wären es auch wir vier, Guðmundur, ich, Róbert und Eiki, die sie vermissen werde. Während ich zum Essen fort gewesen war, hatte jemand für mich angerufen. Meine nächste Fahrt bekam ich erst gegen acht, und als ich zurückkam, da war es halb neun, fand ich eine Nachricht vor, ich möge bitte Gógó zurückrufen. Ich nahm den Zettel mit der Nummer und steckte ihn in die Hosentasche. Nun war viel Betrieb, und ich beschloss, mit dem Anruf bis nach neun zu warten, dann hätte ich Pause und könnte mich in aller Ruhe mit ihr unterhalten. Es waren noch vier Fahrer vor mir, und sie wurden der Reihe nach aufgerufen, einer nach dem anderen. Nun war außer mir nur noch ein anderer Fahrer im Wartesaal, unsere Nummern hingen beide am Brett vorne an der Theke. Neunundsiebzig, bittesehr ans Telefon, tönte der Lautsprecher. Das Mädel sagte immer *bittesehr* ans Telefon, und *bittesehr* diese Nachricht notieren und *bittesehr* diese Nummer anrufen. Wahrscheinlich sagte sie auch zu den Kerlen immer gleich *bittesehr*, und dann dachte ich mir noch ein paar weitere Gemeinheiten über sie aus, denn ihretwegen war ich jetzt aus der Warteschlange geflogen. Gógó war am Telefon und ihre Stimme klang merkwürdig, vielleicht hatte sie sich gerade was von ihrem bürgerlichen Whisky genehmigt. Sie schien ungehalten.

— Verdammt schwierig, dich zu erreichen, sagte sie.

— Ich hab gearbeitet.

— Hat man dir nicht ausgerichtet, dass du mich zurückrufen sollst?

— Doch, aber hier ist im Moment wahnsinnig viel zu tun, und nach neun hätte ich sofort angerufen.

— Du kannst also nicht dann anrufen, wenn ich dich darum bitte?

Auf gar keinen Fall wollte ich mich hier am Telefon mit ihr herumstreiten. Das Mädel rief meine Nummer ins Mikrofon, als wüsste sie nicht genau, dass ich in der Telefonzelle war und sie mich gerade erst selbst dorthin geschickt hatte.

— Macht dir irgendetwas Kummer?, fragte ich. Sie antwortete nicht, und ich sagte Hallo, weil ich wissen wollte, ob sie noch dran war.

— Komm zu mir, sagte sie, und nun klang ihre Stimme nicht mehr ungehalten, sondern traurig.

— Was ist denn los?

— Komm her.

— Reicht es nicht, wenn ich nach neun vorbeikomme?

— Nein, jetzt gleich, antwortete sie, und dann hörte man einen Knacks in der Leitung, als der Hörer auf die Gabel knallte.

Ich ging in den Warteraum zurück und wollte meine Nummer wieder aufhängen. Wozu eigentlich stolz sein? War nicht aller Stolz in Wahrheit bedeutungslos, lächerlich und unmenschlich, und zwar schon seit damals im Mai, und nun war es Juli. Stolz war etwas für Leute, die zum Leben nichts anderes brauchten. Ein Fahrer kam und wollte seine Nummer ans Brett hängen, ich ließ ihn vor. Ein Mensch sein, heißt gut leben oder auch schlecht und sich dabei nicht unterkriegen lassen, aber du kannst nicht stolz sein, eingeschnappt oder vorschnell, ohne den Menschen in dir zu beschädigen. Jetzt kam noch einer, um seine Nummer aufzuhängen.

— Willst du dich nicht dazuhängen, Ragnar, fragte er.

— Nein, verdammt!

— Was ... ich hab doch nur gefragt.

Vielleicht war es auch gar nicht so gemeint, sondern so wie bei allen anderen, die einfach nur den guten Jungen in dir sehen wollten. Es war nicht gerade schmeichelhaft, in eine so unwürdige Rolle gedrängt zu werden, und auch nicht viel besser, hinterher zu erkennen, dass man dich für einen hielt, der allenfalls für Mannweiber, billige Modepüppchen oder Ladenverkäuferinnen gut genug war. Aber Gógó war nichts von alledem. Bestimmt war ihr etwas Schreckliches passiert. Ich ging hinaus zu meinem Wagen. Vor der Station war ein ziemlicher Andrang; bald würden die Fahrer gar nicht mehr drinnen auf Abruf sitzen müssen, sondern bräuchten nur noch vor der Station vorzufahren, um ihre Aufträge gleich hinter dem Steuer anzunehmen. Ich fuhr vom Parkplatz und dann zum Hafen hinunter. Es war windstill und nur wenige Schiffe im Hafenbecken. Ein Zollboot schipperte draußen bei den Leuchttürmen. Ich fuhr rasch auf das Haus zu und bremste scharf hinter dem Buick. Ich klingelte, und sie kam sofort an die Tür. Ich sah, dass sie geweint hatte.

— Wie siehst du denn aus?, fragte ich und schloss die Tür. Sie drehte sich weg, ohne zu antworten und ging ins Wohnzimmer.

Ich kam hinterher, und sie warf sich aufs Sofa. Das Gesicht in die Polster vergraben, so dass ich von ihr nichts sah als ihren Hinterkopf und ihre Schultern und ihre Beine, hörte ich sie sagen:

— Er ist tot.

Ich stand im Zimmer und wusste nicht, ob ich erleichtert oder traurig sein sollte. Nach allem, was ich diesem Mann bereits angetan hatte, kam jetzt also noch hinzu, dass ich mich nicht entschließen konnte, seinen Tod zu betrauern. Die Farben im Zimmer kamen mir grell und schreiend vor und beinahe musste ich lachen. Ich setzte mich und sah zu Gógó hinüber.

— Er war ein guter Mann, kam ihre Stimme aus den Sofapolstern. Es war fast unerträglich, sie da liegen zu sehen und sie das sagen zu hören, so als wäre ihr das jetzt erst aufgegangen, wo es ihn nicht mehr gab. Ich stand auf und ging ins hintere Zimmer. Dort stand ein Bild von ihm. Er schaute freundlicher drein als auf dem anderen, das sie mir an unserem ersten Abend gezeigt hatte. Und er strahlte eine Art von Würde aus, die ich auf dem anderen Foto nicht wahrgenommen hatte. Die Narbe war sehr auffällig und tief genug gewesen, dass sie selbst auf dem Bild zu erkennen war. Ich hörte, wie sie hereinkam und hinter mir stehenblieb.

— Ja, schau ihn dir ruhig an, sagte sie mit einer seltsamen, unnatürlichen Stimme, die mir so fremd war, als hätte ich eine völlig unbekannte Person vor mir und nicht sie. Ich schwieg, ging zum Fenster hinüber und sah hinaus in den Garten. Das Laub auf den Bäumen war schwer und saftig und raschelte leise im Wind. War nicht überall Wachstum, in allem was geboren wurde und in allem, was starb? Und starb nicht alles nur, um aufs Neue geboren zu werden, und gab es überhaupt einen Grund, zu betrauern, was unvermeidbar war? Wusste das Laub, dass es blutrot in den Tod ging und niemals schöner gewesen war als jetzt, schöner als in der Blüte seines Lebens? Dass Tod und Leben dieselbe Schönheit verband und dass es ohne Leben keinen Tod gäbe und das Leben trauriger war als der Tod selbst; und so stand der Mensch wie ein Hundertmeterläufer im Startloch, bereit mit aller Inbrunst seines Herzens, traurig zu sein – bis der Tod kam und allem ein Ende machte.

— Hast du was zu trinken?, fragte sie.

— Ich hab Aquavit, aber leider keinen Whisky, und auch keinen Champagner, falls du das lieber gehabt hättest, gab ich zurück. Gleich darauf bereute ich, dass ich sie hatte verletzen wollen. Vielleicht hatte sie mich absichtlich auf dieses Bild gestoßen, weil sie verzweifelt war. Vielleicht wollte sie Misstrauen zwischen uns säen, um sich ihrer Trauer über den Tod dieses geisteskranken Mannes zu vergewissern, der in Wahrheit schon vor langer Zeit von ihr gegangen war und schon lange nichts mehr wusste, weder von ihr, noch von der Wirklichkeit, die er nun verlassen hatte.

— Kein Grund, verbittert zu sein, sagte sie. Er kommt nie mehr zurück. Ich sah hinaus in den Garten. Wie verdammt verlogen das alles war. Und doch hatte ich immer befürchtet, dass er irgendwann käme. Erst jetzt wurde mir bewusst, dass ich das nun nicht mehr zu befürchten hatte, nie mehr Nachts hochschrecken, zu Gast im fremden Haus, nie mehr darauf warten, dass ein gewisser Mann in Dänemark gesund geworden war.

— Ich bin nicht verbittert. Aber du hast gesagt, ich soll ihn mir ansehen. So als müsste ich ihn um Verzeihung bitten.

— Wir sollten ihn beide um Verzeihung bitten.

— Wofür?, fragte ich.

— Ich komm mir wie eine Hure vor, jetzt, wo er tot ist, sagte sie.

— Ist das zwischen uns also so was.

— Nein, vieles sonst war überhaupt nicht so.

Ich sagte, es wäre wohl an der Zeit, den Aquavit zu holen. Als ich zurück kam, war sie sehr viel ruhiger. Ich bat sie, Platz zu nehmen, ich würde Gläser und Wasser aus der Küche besorgen. Dort hantierte ich eine Weile herum, drehte den Wasserhahn auf, suchte die Gläser und entkorkte die Flasche. Als das Wasser kalt genug war, mischte ich die Drinks. Ich hatte sparsam eingeschenkt und nachdem sie probiert hatte, wollte sie eine stärkere Mischung, also goss ich ihr noch einmal nach. Wir sprachen nicht, blieben eine Weile so sitzen und tranken unseren Aquavit.

— Ist er bei der Operation gestorben?, fragte ich.

— Nein, sie wollten ihn erst am fünfzehnten operieren.

— Und du hast es heute Abend erfahren?

— Ja, kurz bevor ich dich das erste Mal angerufen habe.

— Dann ist er heute gestorben.

— Um zwei Uhr.

— Vielleicht war es ja besser so.

— Wie meinst du das?

— Vielleicht wäre die Operation ja schiefgegangen.

— Was weißt du denn schon.

— Können wir nicht vernünftig darüber reden?

— Du kannst es doch nicht. Du bist doch nur froh.

— Mehr Aquavit?

Sie ließ sich nachschenken.

— Mir tut das alles sehr leid, sagte ich.

— Dir ist es doch egal.

— Wie soll ich denn sein, damit du mich magst?

— Ich weiß nicht.

Sie ging ins Schlafzimmer und ich hörte, wie sie sich aufs Bett warf, und dann hörte ich sie weinen. Ich goss mir Aquavit nach und wartete, dass sie sich beruhigte. Es verging geraume Zeit, und irgendwann hörte ich sie nicht mehr. Ich ging zu ihr hinein, setzte mich aufs Bett und legte ihr die Hand auf die Schulter.

— Fass mich nicht an, sagte sie. Ich zog meine Hand zurück und saß dort auf dem Bett und schaute durch den beiseite gezogenen Vorhang nach vorne ins Wohnzimmer.

— Hör auf, dir Vorwürfe zu machen. Damit holst du jetzt auch nichts mehr zurück, schon gar nicht sein Leben. Und wenn du irgendwas getan hast, wofür er deiner Meinung nach Wiedergutmachung verdient hätte, ist das jetzt ebenfalls zu spät. Es ist anständig, um ihn zu trauern, aber sinnlos, sich einzureden, zu seinem Tod beigetragen zu haben.

Sie sprang vom Bett hoch und schlug mir mit aller Kraft ins Gesicht. Der Schlag brannte auf meiner Nase und ich hielt mir die Hand davor. Sie sah mich mit großen Augen an.

— Fühlst du dich jetzt besser?, fragte ich. Sie legte sich wieder aufs Bett.

— Ich will meinen Aquavit, sagte sie. Ich ging nach nebenan und holte ihr Glas. Sie trank einen kleinen Schluck und gab es mir zurück.

— Ich bin ein Bandit, sagte sie.

— Hör auf, dir Vorwürfe zu machen.

— Doch, ein Bandit, beharrte sie.

— Ich hab ihn geheiratet, weil er Geld hatte. Ich hab ihn nicht geliebt, und ich war froh, als er verrückt wurde und ich nicht mehr das Bett mit ihm teilen musste.

— Du bist wunderbar, sagte ich und reichte ihr den Drink. Sie erhob sich vom Bett und stand mit dem Glas in der Hand vor mir.

— Nimm mich auf diesem Teppich, den er mir geschenkt hat, weil er mich liebte. Nimm mich hier, weil ich ein Scheusal bin, eine Hure, ein Bandit.

Der Teppich war rot und flauschig und hatte ein gelbes Muster. Ich hob den Blick vom Boden und sah sie an.

— Du bist ganz schön theatralisch, sagte ich. Sie holte mit dem Arm aus, warf ihn in großem Bogen nach hinten, und es war kalt und brannte in den Augen, als der Inhalt ihres Glases in meinem Gesicht landete. Ich hörte, wie sie aus dem Zimmer stolzierte, während ich mir den Aquavit aus den Augen wischte. Dann ging ich ihr hinterher und setzte mich neben sie aufs Sofa, mein Gesicht tropfte noch immer von dem kalten Guss.

— So sollte man nicht mit Aquavit umgehen, sagte ich. Sie drehte sich zu mir, und dann schien ihr Gesicht plötzlich zu schmelzen. Sie lehnte sich an mich und wollte, dass ich sie in den Arm nahm. Ich gehorchte, und dann schluchzte sie noch ein bisschen an meiner Schulter. Der Duft aus ihrem Haar war angenehm und vertraut. Als ihr Schluchzen nachließ, gab ich ihr ein Taschentuch, damit sie sich schnäuzen konnte.

— Liebst du mich?, fragte sie mit dumpfer, verweinter Stimme.

— Sehr, sagte ich.

— Schatz, sag Schatz zu mir.

— Schatz, sagte ich.

— Ich wollte, ich wäre so ruhig wie du.

— Du bist wunderbar, und ich bin überhaupt nicht ruhig.

— Doch, Schatz, du bist ruhig, und du hast die richtigen Schultern für jemanden, der traurig ist.

— Sie sind für dich da, wenn du traurig bist.

— Für immer, Schatz? Sag für immer.

Draußen auf dem Gang klingelte das Telefon, und sie ging hinaus, um abzunehmen. Ich goss mir Aquavit nach, während sie sprach, und streifte meine Schuhe ab, damit ich mich besser fühlte.

NEUN

Beharrlich trommelte der Regen auf die Windschutzscheibe und spritzte über die auf höchste Stufe geschalteten Scheibenwischer, während der Motor im Leerlauf brummte. Ich war in der Bar gewesen, und da hatten sie jetzt eine andere Bedienung. Sie hatte kein Bäuerinnengesicht wie das Frollein, nicht ihre vertraute Ausstrahlung, und sie hatte sich auch noch nicht in unsere Herzen gekocht. Es war ungewohnt, dort auf dem hohen Barhocker zu sitzen, mit diesem neuen Fräulein hinter der Theke. Ich wartete, dass der Parkplatz sich leerte, wenn die anderen zur Station hinüberfahren würden, um ihre Fahrten anzunehmen, und das würde sehr bald sein. Am frühen Nachmittag war dort viel Gerenne gewesen, obwohl Samstag war, das mochte am Wetter liegen, und ich hatte schon über zweihundert Kronen eingefahren. Der Regen fiel in rhythmischer Gleichförmigkeit auf das Autodach und die Straße. Die Tropfen überzogen den glänzenden Asphalt mit einem dicht gewebten Wasserteppich, der sich in einer gebogenen Linie vom Bürgersteig gegenüber bis zur Parkplatzeinfahrt spannte. Das monotone Schlagen der Wischer, das Prasseln auf dem Asphalt und das Trommeln auf dem Autodach machten mich schläfrig. Ich hatte Gógó nun schon zwei Wochen nicht gesehen. Heute hatte sie angerufen und gesagt, jetzt sei alles geritzt, und ihre Mutter würde nach dem Wochenende abreisen. Hin und wieder kam einer der Fahrer aus dem Aufenthaltsraum gerannt, die Jacke fest um sich geschlungen, sprang in seinen Wagen und fuhr eilig davon, auf der Flucht vor dem Platzregen. Ólafur Faxens Sarg war mit dem Schiff gekommen, ich war am Tag seiner Beerdigung in Keflavík gewesen. Er hatte ein würdevolles Begräbnis bekommen. Ich hatte Gógó nicht angerufen, und auch davor nicht, während sie auf den Leichnam ihres Mannes wartete. Ein Auto pflügte sich die Straße entlang, bremste direkt vor mir und verdeckte den überfluteten Asphalt, so dass ich nichts mehr sah außer dem Regen, der sich über Windschutzscheibe und Motorhaube ergoss. Wenn der Wagen vorhatte, hier stehen zu bleiben, würde ich zurückstoßen müssen, um zur Station zu kommen. Während ich wartete, dass er weiterfuhr, sah ich, wie der Fahrer die Seitenscheibe herunterkurbelte. Er drehte sich zu mir um, schaute kurz nach links und rechts, und dann wieder zu mir. Der Regen klatschte ihm ins Gesicht, und der Mann zog eine Grimasse. Er war von einer anderen Taxifirma und ich hatte keine Ahnung, was er hier wollte und wünschte, er würde endlich verschwinden. Der Scheibenwischer auf seiner Seite der Windschutzscheibe wirbelte sich schneller durch die Wassermassen als meiner, und ab und zu hörte man einen Takt heraus. Der Mann sprang aus dem Auto, lief zu mir herüber und riss die Beifahrertür auf. Es regnete auf den Sitz, während er sich setzte und die Tür zuzog. Ich sah die Spritzer auf seinem Gesicht und die Tropfen auf seinem Jackenkragen.

— Ich brauche Whisky, sagte er.

— Bist du allein?

— Ja, sagte er.

— Egal, welchen?

— Scotch, sagte er.

— Ist wohl für die feine Gesellschaft.

— Teufel, nein!

— Und es soll Whisky sein.

— Nichts anderes. Gin und Cognac hab ich selber. Verdammt hart, das.

Nun waren alle Autos vom Parkplatz gefahren, der Regen prasselte auf die leere Fläche aus rissig aufgeworfenem Pflaster und klatschte in dichten Schleiern an die schwarzfeuchte Nordmauer der Taxizentrale, die fensterlos war bis auf die Luke auf der Toilette.

— Und wer ist so wählerisch?

— Bill.

— Bill wer.

— So ein Amerikaner.

— Kennst du ihn gut?

— Der ist 'ne todsichere Nummer.

— Und die anderen, die bei ihm sind?

— Das ist seine Flamme.

— Ist die auch todsicher?

— Ich leg für beide meine Hand ins Feuer, wenn ich die Flasche kriege.

— Und bei euch in der Station?

— Da hat keiner Whisky.

— Dann muss ich aber erst nach Hause.
— Tu das, und wir kriegen das geregelt.
— Wer ist denn seine Flamme?
— Sie ist Witwe oder geschieden oder so was.
— Kennt man ja.
— Er ist jeden Samstag und Sonntag bei ihr.
— Du scheinst ja gut Bescheid zu wissen, sagte ich.
— Bist du nicht im Ami-Business?
— Eher selten.
— Dann sieh zu, dass du reinkommst, Mann.
— Hast du denen schon viel verkauft?, fragte ich.
— Hin und wieder, aber meistens bringen sie's mit, antwortete er.
— So ist es für die billiger.
— Das macht viel aus.
— Wohin soll ich die Flasche bringen?
— Zum Faxenhaus. Einmal kurz hupen.
— Hast du gerade Faxenhaus gesagt?
— Du weißt schon, da, wo das Geschäft ist, sagte er, lächelte und hatte schon die Tür geöffnet, es regnete sofort auf den Sitz, und ein kalter Windstoß fegte herein. Er stieg aus dem Wagen, drehte sich um und blieb in der offenen Tür stehen. Ich schaute zu ihm hinauf, während er seinen Jackenkragen hochschlug.
— Noch irgendwas unklar?
— Nein, alles klar, sagte ich.

Er schlug die Tür zu, sein Oberkörper erschien auf der anderen Wagenseite, und dann sah ich ihn ganz, wie er über den regennassen Parkplatz lief und das Wasser unter seinen Schuhen spritzte und seine Kleidung sich auf der Seite schwarz färbte, wo das Unwetter herkam. Ich richtete meine Gedanken mit aller Kraft auf ihn, wie er da über den Platz rannte und seine Autotür aufriss, einstieg und wegfuhr. Danach war nur noch die Straße da, und die Autos, die auf ihr entlangfuhren, Wasserfontänen hinter sich herzogen und dann durch die alles verschluckende Regenwand zur Station zurückrollten. Ich legte den Gang ein und fuhr vom Parkplatz, ordnete mich in den Verkehr ein und versuchte, nicht an das andere zu denken. Trotzdem lauerte es irgendwo im Hintergrund, undeutlich, bitter und bedrohlich schnürte es mir die Kehle zu. Es war auch im Quietschen der Wischblätter, im Prasseln der Tropfen und im Surren des Motors. Meine Gedanken bewegten sich in großen Kreisen und kamen immer wieder zu diesem einen Punkt zurück, von ihm weg und auf ihn zu, und so ging es weiter, während ich nach Hause fuhr, doch die Kreise zogen sich immer enger zu, und in immer kürzeren Abständen tauchte das Faxenhaus auf und Gógó und all die Wochenenden, an denen sie angeblich Besuch von ihrer Mutter hatte. Und die Leere, die jetzt an ihre Stelle trat. Also Schluss mit ihr und allem was dazugehörte, stattdessen noch eine weitere Runde, die in der Leere endete, bis alles nur noch Leere war und die Gedanken stumpf wurden und nicht mehr weh taten.

Der Regen hatte etwas nachgelassen, und allmählich konnten die Rinnsteine die Wassermassen wieder aufnehmen. Ich schaltete die Scheibenwischer auf langsam, und als sie sich nur noch gemächlich hin- und herschoben, schien es plötzlich sehr still. Auf der Straßenseite direkt vor dem Haus war Parken verboten, und ich spürte die kalten Tropfen auf meiner Kopfhaut, als ich die Straße überquerte, dann öffnete ich die schwere Haustür und rannte die Treppe hinauf. Auf dem untersten Treppenabsatz hockten drei Kinder und krakeelten hinter mir her. Sie wohnten mit ihren Eltern im Erdgeschoss, und ich schenkte ihnen manchmal Schokolade. Ich versuchte, irgendetwas Nettes zu rufen, während ich an ihnen vorbei nach oben hastete. Das Zimmer war kalt, und graues Tageslicht hing darin. Das Bettzeug lag noch auf der Schlafcouch, so wie ich es am Morgen hinterlassen hatte, und der braune Bettüberwurf über dem Stuhl war erdfarben in der kalten Dämmerung, die auch die grünen Vorhänge nicht anwärmen konnten. Ich griff in den Schrank nach dem Whisky. Es war ein *VAT 69*, ich wickelte die kalte Flasche sorgfältig in eine Papiertüte und hetzte damit die Treppe hinunter, vorbei an den Kindern und hinaus zum Auto. Das Kindergeschrei war bis draußen auf die Straße zu hören.

Mittlerweile hatte der Regen fast aufgehört. Ich drehte den Zündschlüssel und trat auf den Anlasserknopf. Er lag etwas versteckt weit vorne unter dem Armaturenbrett, mein Fuß rutschte ab und ich musste noch einmal ansetzen. Es gab ein schabendes, an- und abschwellendes Kreischen, doch die Zündung reagierte nicht. Ich trat das Anlasserpedal fest durch, aber der Motor blieb tot. Ich spürte, wie aus der Leere langsam Bitterkeit hervorkroch, sah jedes kleinste Detail genau vor mir, die Überheblichkeit und die Selbstgefälligkeit und das Getue der Leute, die ich tagtäglich herumkutschierte, und wie sie versuchten, vornehm und gebildet zu erscheinen und die feinere Gesellschaft herauszukehren, auch wenn sie gerade kotzten oder pinkelten; dass mein Dasein hier in der Stadt nichts war als dieses alte Auto und Schnapshandel und flüchtige Bekanntschaften mit Frauen, die Hochglanzfotos von Tyrone Power, Robert Taylor und Farley Granger über dem Bett hängen hatten. Ich ließ den Anlasser in Ruhe und bewegte den Schlüssel im Zündschloss hin und her, um sicher zu gehen, dass er funktionierte. Es tat weh, diese Bilanz zu ziehen, diese Niederlage zu spüren und sich einzugestehen, nicht einmal versucht zu haben, sich aus der ewig gleichen, tödlichen Einförmigkeit dieses Stadtdaseins zu befreien und ein Mensch zu sein und kein Roboter am Steuer dieser altersschwachen Karre. Wieder Gras unter den Füßen zu spüren anstatt Asphalt, den Motor und kaltes Metall, stattdessen die Tiere mit ihrem Stolz und ihrer Würde.

Noch einmal trat ich auf den Anlasser. Jetzt wurde das würgende Drehgeräusch schneller und steigerte sich zu einem Kreischen im Getriebe, bis sich die Kolben explosionsartig in Bewegung setzten und der Motor ansprang. Ich fuhr los. Die Flasche lag in ihrer Papiertüte neben mir auf dem Beifahrersitz, und ich hielt sie beim Abbiegen fest, damit sie nicht vom Sitz rutschte. Dann fuhr ich die Hauptstraße entlang hinter den anderen Autos her, wartete an der roten Ampel und hatte an der nächsten Grün, folgte dann der Hauptstraße noch zwei Ampeln weiter. Der Buick stand vor dem Haus, und mir fiel ein, dass es jetzt das dritte Mal war, dass ich hinter ihm anhielt. Ich legte den rechten Daumen auf das Lenkrad, drückte dreimal fest auf den Hupenring, und die Hörner gaben ein paar kurze, schrille Laute von sich. Während ich wartete, las ich mir immer wieder das Nummernschild des Buick vor, um es mir erträglicher zu machen. Dann kam ein Mann aus dem Haus. Zögernd blieb er in der Tür stehen. Er war nicht in Uniform, sondern trug einen blauen Gabardineanzug, der ihm viel zu weit war und ihn überraschend gewöhnlich aussehen ließ, zumal ich einen Uniformierten erwartet hatte. Er trug ein graues Sporthemd, und seine Haare waren kurz geschoren. Seine Schuhe konnte ich nicht sehen. Nun kam er langsam auf die Fahrertür meines Wagen zu. Ich ließ die Scheibe herunter. Er schaute mich an und wirkte verlegen. Seine Augen waren grau und ich sah, dass er sich das Gesicht eingeschmiert hatte. Er war nicht betrunken, wusste aber offensichtlich nicht, was er sagen sollte, weil er den anderen Fahrer erwartet hatte.

— Ich hab die Flasche.

Er lächelte freundlich und setzte sich auf die Rückbank.

— Wo ist Bössi?, fragte er.

— Bössi hatte keinen Whisky und hat mich gebeten, Ihnen das hier zu geben, sagte ich und reichte ihm die eingewickelte Flasche über die Lehne des Fahrersitzes. Er streckte die Hand aus und griff das Päckchen am Flaschenhals.

— Was für ein Whisky ist das?, wollte er wissen.

— *VAT 69*, sagte ich.

— Prima. Ein sehr, sehr guter Whisky, sagte er.

— Der beste.

— Wie viel?, fragte er.

— Hundertfünfundachtzig, sagte ich. Er zückte seine Brieftasche, in der Fotos in Plastikhüllen steckten. Dann gab er mir hundertneunzig Kronen.

— Das macht Hundertfünfundneunzig, sagte ich.

— Wieso?

— Die Fahrt, sagte ich.

— Hundertfünfundachtzig hast du gesagt, und genauso viel werd ich zahlen.

— Dann her mit der Flasche.

— Ganz ruhig, *old man*.

— Ich bin kein *old man*, und jetzt will ich die Flasche zurück.

— Ist das dein Ernst?

— Na gut. Raus.

— Aber gerne, *old man*, sagte er und verstaute die Flasche in seiner Brusttasche. Ich wollte ihm die Autotür von innen öffnen.

Als ich nach hinten langte und nach dem Türgriff suchte, hob er seine freie Hand, und ballte sie zur Faust, doch als er merkte, dass ich ihm bloß die Tür aufmachen wollte, wirkte er verlegen, streckte hastig seine Finger aus und hielt sie mir hin, so als wollte er mir einen Handschlag anbieten. Ich schüttelte den Kopf, und er zuckte mit den Schultern und stieg aus. Die Kupplung krachte, als ich den Gang einlegte. Er schlug die Tür zu, dann gab ich Gas und ließ ihn auf dem Bürgersteig zurück.

Sie würden zusammen den Whisky trinken, und danach würden sie, nicht nachdenken, lieber nicht darüber nachdenken, dass du die Frau überhaupt jemals gesehen hast. Wenn du das nicht schaffst, dann sag dir, dass sie ein Niemand ist, dass sie alt ist, dass sie langsam fett wird, sag das ein paarmal vor dich hin, und dann sag, dass sie auf dich herabschaut, dass es mit ihr im Bett keinen Spaß macht, dass sie Asthma hat oder weiß der Teufel was. Aber was immer du tust, gib nicht klein bei; sei ein Mann. Und halt die Klappe. Du weißt ja, dass das alles gelogen ist und dass du sie ohnehin nicht aus dem Kopf kriegen oder die Nächte mit ihr vergessen wirst.

Es war wenig Betrieb, weil der Regen aufgehört hatte, und auf dem Parkplatz standen ziemlich viele Autos. Ich ging in den Aufenthaltsraum. Am langen Tisch saßen vier von uns beim Bridge. Ich hängte meine Nummer ans Brett. Die vier machten mächtig Lärm.

— Ja, hab ich's nicht gesagt, rief einer von den Bridgespielern.

— Raus mit der Karte, du Schlawiner.

— Na los, lass es krachen.

— Hey, worauf wartest du.

— Hier kommt Culbertson.

— Richtig so.

— Treff Dame.
— Einmal Karo.
— Genau, weiter so.
— Und noch einen Johannes obendrauf.
— Hab ich's nicht gesagt!
— Und den Cœur König.

Ich beobachtete die Jungs beim Bridge. Aus dem Lautsprecher kamen zwei Durchsagen, eine Männerstimme. Das Mädel schien frei zu haben. Die Stimme klang dumpf, und ich hörte den Mann atmen. Er sagte Vierundfünfzig ab Station, und vorher und hinterher atmete es, weil der Mann zu nah ans Mikrofon heranging. Neunundsiebzig bitte ans Telefon, sagte er jetzt, und diesmal atmete es nicht, und er sagte auch nicht *bittesehr* wie das Mädel. Ich ging nach vorne und dort hieß es, dass man das Gespräch in die öffentliche Zelle hinübergeschaltet hatte. Noch bevor ich den Hörer ans Ohr hob, wusste ich, dass sie es war.

— Ragnar, sagte sie, und ihre Stimme hatte einen schrillen Klang, wie bei jemandem, der einen Unfall gesehen hat und sich nicht mit dem abfinden will, was er da gesehen hat.

— Ja, sagte ich.

— Ragnar, ich hab den Wagen gesehen.

— Welchen Wagen.

— Deinen Wagen, vorhin, bei mir vor dem Haus.

— Das war irgendein anderes Auto, sagte ich und las das Gekritzel an der Wand. Es waren Namen und allerlei Ferkeleien. Die Ferkeleien hatte ich immer widerlich gefunden, doch jetzt waren sie ein Evangelium und ihre Lektüre kam mir gerade recht.

— Nein, Ragnar, das warst du.

— Kann gar nicht sein. Ich bin vorhin erst in die Stadt gekommen und direkt zur Station gefahren, sagte ich.

— Es sah aber genau so aus wie dein Wagen, beharrte sie.

— Ausgeschlossen, sagte ich.

— Ich hab's gespürt, dass es deiner war.

— Du musst mir glauben.

— Ragnar.

— Ja.

— Du bist ein guter Kerl.

Schweigen.

— Und ich eine böse Frau.

Schweigen.

— Und denk dran, ich hab nie behauptet, dass ich eine gute Frau bin.

Schweigen.

— Ragnar.

— Ja.

— Bald ... bald werden wir zusammen sein.

— Ja.

— Und werden uns nie wieder trennen.

— Nein.

— Ist es ganz sicher, Ragnar, dass du das nicht warst?

— Absolut.

Wir verabschiedeten uns und ich hörte auf, die Ferkeleien zu lesen. Ich ging auf die Toilette und übergab mich. Danach ging ich zurück in den Aufenthaltsraum und schaute den Jungs weiter beim Bridge zu. Ihre Hände flogen in ausholenden Gesten über die Tischplatte, ihre Gesichter grinsten und verzogen sich zu Grimassen, und ihre Lippen waren in ständiger Bewegung. Ich hörte ihre Stimme, so wie sie am Telefon geklungen hatte, und ihre Stimme durch die Nacht, und ihr Lachen, und sah vor mir ihre Brust beben, wenn sie lachte.

— Ich krieg nie einen Stich, sagte einer von den Bridgejungs.

— Du kassierst die Buben.

Und dann die Nacht auf Thingvellir, taghell vor unserem Fenster, während wir das Land und seine Schönheit in uns spürten und die Wellen auf dem nachtkühlen See beobachteten. Und dann hoch zu den nebelverhangenen Bergen schauen und über die moosbewachsene Lava, und dann zusammen schweigen, denn das war alles. Und im Bett rundherum und vollkommen glücklich sein, weil die Nacht und die Berge und das Wasser bei uns waren. Nicht daran denken, dass er jetzt bei ihr ist, und nicht an das, was du verloren hast. Beim Sterben ist jeder für sich, auch wenn nur ein Teil von uns stirbt, und wir müssen es hinnehmen, genau wie du das hier hinnehmen und dein Leben weiterleben musst, bis du irgendwann auf diese Weise geteilt und einfach weg bist.

Guðmundur war nicht im Warteraum. Ich fühlte mich nicht wohl, so allein hier, und ich hoffte, dass er bald kam. Ich ging hinaus, an den aufgereihten Taxis auf dem Parkplatz entlang bis zu meinem Wagen und setzte mich hinein. Drinnen war es nasskalt. Ich ließ den Motor an und brachte ihn auf Touren, damit es schneller warm wurde. Ich schaltete die Heizung ein. Bis Guðmundur kam, konnte es sich hinziehen, und ich angelte unter dem Fahrersitz nach dem Brennivín. Das Trinken machte mir keinen rechten Spaß. Nachdem ich ein paar Schlucke aus der Flasche genommen hatte, war das Rauschen der Heizung nicht mehr ganz so ohrenbetäubend, und draußen setzte der Regen wieder ein. Vereinzelte Spritzer sammelten sich auf Motorhaube und Windschutzscheibe. Ich sah Guðmundur nicht, als er auf den Parkplatz fuhr. Er parkte direkt vor mir, und als er vorbeilief, sah er, dass ich im Wagen saß und kam zu mir herüber.

— Willst du einen, fragte ich.
— Was ist denn jetzt los?
— Nichts, nur, ob du einen willst.
— Ist was passiert?
— Nein, zum Kuckuck. Wieso denn.
— Sonst hab ich doch …
— Vergiss es. Der hier geht auf mich.
— Das ist Brennivín.
— Ist dir das nicht gut genug?
— Ich dachte, du trinkst neuerdings nur noch Whisky, gab er kühl zurück, und es tat gut, dass er einen Witz machte. Ich reichte ihm die Flasche.

ZEHN

Die Straße schoss unter dem Auto hindurch, und bei dem hohen Tempo sausten alle Linien und Umrisse längs zur Fahrtrichtung vorbei. Selbst die Schatten schienen verzerrt, bevor sie unter der weit nach vorne ragenden Schnauze verschwanden, und der lackschimmernde Widder, der auf der Zierleiste oberhalb des Kühlergrills zum Sprung ansetzte, schnitt die Nacht in zwei Teile. Meine Lippen schwollen immer mehr an, und sie brannten. In meinem Magen bohrte ein dumpfer Schmerz, dort, wo er zugeschlagen hatte, aber nicht mehr so schlimm wie vorhin auf dem Parkplatz, wo ich zwischen den Taxis auf dem Asphalt gelegen hatte, die Knie bis unter das Kinn gezogen, um den Schmerz erträglich zu machen. Es war eine hässliche und überflüssige Schlägerei gewesen, und jedes Mal, wenn ich nach ihm schlug, war es, als hätte ich mich selbst geschlagen, und es tat gut, als auch er ernsthaft auf mich losging, geschickt und gründlich, bis die anderen kamen und uns trennten. Sie packten ihn und hielten ihn fest, und dann standen alle um mich herum, während ich mich am Boden krümmte. Ich hörte ihn sagen, sie bräuchten ihn nicht länger festzuhalten und sah, wie er sich abwandte und gegen den Wagen lehnte, sein Gesicht in der Armbeuge vergrub und mit der anderen Faust auf das Auto einschlug, während er den Kopf wie von Sinnen hin und herwarf, und dann sah ich ihn über den Parkplatz davonwanken, in seinen Wagen steigen und wegfahren, während die anderen sich über mich beugten und darüber redeten, ob man einen Arzt rufen sollte. Danach rappelte ich mich hoch und verschwand auf der Toilette. Er hatte etwas über Gógó gesagt, und ich hatte ihm einen Kinnhaken verpasst. Er hatte mich mit seinen braunen, ruhigen Augen angeschaut, und Blut war aus einem der Mundwinkel gesickert. Ich schlug noch einmal zu, weil ich mir verflucht dämlich vorkam, wie er mich so anschaute.

Ich fuhr an grauen, ausgedehnten Geröllfeldern vorbei, hinunter an den Kollafjörður und die Anhöhe auf der anderen Seite wieder hinauf, kam weiter draußen durch sumpfiges Land und dann an den Einödhöfen vorbei. Auf der Halbinsel von Seltjarnarnes waren keine Lichter zu sehen, und die Stadt war steinern und kalt und hob sich düster vom grauen, wolkenverhangenen Regenhimmel ab.

Ein Herbsttag vor sieben Jahren, die Berge hatten sich über Nacht mit Raureif überzogen, und ich bog auf den Parkplatz hinter der Zentrale ein. Es war früh am Morgen, kaltes, sonniges Wetter und nur wenige Autos auf dem Platz, mein erster Tag in der Taxifirma, und ich war entsprechend nervös. Guðmundur kam auf den Platz, während ich den Wagen wendete, und wir gingen nebeneinander in den Warteraum. Er hatte mir geraten, einen Stadtplan zu besorgen und mich in den ersten Tagen daran zu orientieren. An diesem Morgen war nicht viel zu tun, und bis zur Mittagspause hatten wir eine Partie Schach zu Ende gebracht. Von nun an nahm er mich unter seine Fittiche, gab mir Ratschläge und hielt zu mir, wenn ich Ärger hatte, auch mit den anderen Taxifahrern.

Jetzt war die Stadt hinter dem Fjord nicht mehr zu sehen. Durch Kjós war die Straße hart und trocken, und etwas später kam ich an die Brücke über die Laxá. Auf der Anhöhe kurz davor nahm ich ein paar Schlucke aus der Flasche.

Er hatte mir Geld geliehen, als ich die Raten für das Auto nicht bezahlen konnte, und er sprach mit mir über alles, worüber es sich lohnte Bescheid zu wissen. Hin und wieder tranken wir zusammen und machten auch sonst viel gemeinsam.

Es war gegen eins, als ich die Spitze des Hvalfjörður erreichte, die Biegung nahm und wieder aus dem Fjord herausfuhr. Der Weg war steil und unwegsam, ich musste oft den Gang wechseln, und zwischendurch bediente ich mich aus der Flasche. Meine Lippen schwollen nun nicht mehr weiter an, aber innen, wo sie an die Zähne stießen, waren sie sicher aufgeplatzt, denn dort brannte es, wenn ich die Flasche ansetzte. Auf dem Parkplatz bei Ferstikla standen zwei Autos, und ich war froh, den Hvalfjörður hinter mir zu haben. Ich kam durch Leirársveit, und während ich am Hafnarfjall entlangfuhr, sah ich die Wolken tief über dem Borgarfjörður hängen. Hier am Fuß des Berges wehte ein ziemlich scharfer Wind, und die Sturmböen rissen mir fast das Steuer aus der Hand. Bei Dämmerlicht sah man die Lichter von Borgarnes auf der anderen Seite der Bucht.

Nicht immer waren meine Fahrten ohne Zwischenfälle verlaufen. Der Fahrgast war nicht einmal sonderlich betrunken gewesen, es war an einem Ostermontag, und das alte Ehepaar wohnte etwas außerhalb der Stadt. Mir wurde erst hinterher klar, dass er Geld von dem Alten wollte. Ich fand die beiden im Kuhstall in einer der Boxen, der Gauner lag auf dem Alten, hatte sein Messer gezückt und drohte, ihn umzubringen, wenn er das Geld nicht rausrückte. Das weiße Haar des Greises hing voller Streu, und er warf den Kopf hin und her. Ich stand dort in der Stallgasse und hörte die Drohungen des Halunken und das Stöhnen des Alten, und da hatte ich nach der Mistgabel gegriffen und sie dem Kerl über den Schädel gezogen. Nachdem ich ihn hinaus in den Wagen bugsiert hatte, half ich dem Alten aus dem Kuhstall und brachte ihn ins Haus, während er wieder und wieder stammelte, dass er das Geld nicht hätte.

Mittlerweile hatte ich die Hvítá überquert, bog vor dem steinigen Hochplateau ab bis zu den Brücken über die kleinen Flüsschen, dann kam das steile Stück hinunter in das Sumpfland zwischen den flachen Klippen, dort, wo die Straße scharf nach Norden abknickt. Während ich abbog, las ich die Zahlen auf den Wegweisern. Hier auf diesem Streckenabschnitt war der Untergrund weich, das Auto klapperte weniger, aber es hielt auch nicht mehr das Tempo. Nun ging es die Stichstraße hinunter, weiter durch morastiges Gebiet und dann an Svignaskarð vorbei. Als ich die Lavafelder erreichte, wurde die Straße wieder fester, und das Moos und das Heidekraut und das schwarze Lavageröll boten in der herabsinkenden Nacht ein farbenprächtiges Bild. Meine Lippen spürte ich kaum noch, außer wenn ich sie bewegte. Es war ein taubes, unangenehmes Gefühl, wenn ich die Flasche ansetzte, und sie brannten noch immer. Nach den Lavafeldern kam grüne Wiesenlandschaft. Pferde grasten unterhalb der Straße, und rechts dahinter floss die Norðurá. Seit der Biegung bei Hólmavað hatte sie sich parallel zur Straße hingezogen, manchmal in einiger Entfernung und nicht so, dass ich sie direkt sehen konnte, aber es tat gut, den Fluss in der Nähe zu wissen, der auf seiner nächtlichen Reise durch den Landstrich seiner Mündung entgegenfloss. Ich fuhr zügig durch die Ebene bei Dalsmynni, hatte den Bergkamm von Hraunsnef zur Linken, und direkt vor mir die Baula. Unter diesem Himmel war Guðmundur jung gewesen, diesen Berg hatte er jeden Morgen gesehen, falls sonniges Wetter war, und hatte im Winter seine Sicherheit, seine Unverrückbarkeit und seine Reinheit gespürt, wenn der Berg weiß und majestätisch über dem Land thronte. Ich fuhr weiter, durch grüne Wiesen und flaches Land, dann fuhr ich die Schleife hinauf zur Brücke über die Sanddalsá. Hier wurde es wieder gebirgiger, ich erreichte die Sveinatunga, und schon hatte ich sie im Rücken, während die Straße unter dem Felsvorsprung entlangführte. Nun kam die Brücke über die Norðurá, und meine stolze Gespielin glitzerte blau unten im steil abfallenden Flussbett. Meine Gedanken kamen zur Ruhe, und ich ließ die Seitenscheibe herunter, um den Fahrtwind hereinzulassen. Die nächsten Steigungen nahm ich schnell und näherte mich den Hellistungur. Mein Tank war fast leer, in Fornihvammur würde ich jemanden rausklingeln müssen, um Benzin zu bekommen. Noch einmal überquerte ich die Norðurá, und kurz dahinter bog ich in den Feldweg ein, der zum Rasthof hinaufführte. Auf dem Weg schaltete ich in den zweiten Gang, und während ich auf den Scheunenvorplatz rollte, war es plötzlich sehr still. Mittlerweile war es längst nach zwei. Ich legte die Finger auf den Hupenring, und die Hörner gaben ein paar kurze Töne von sich. Es könnte schwierig werden, hier jemanden wachzubekommen, denn zu viel Lärm durfte man nicht machen, sonst weckte man noch das ganze Haus auf. Ich stieg aus und wollte hinüberlaufen, doch meine Füße gehorchten mir nicht, und ich sank zurück auf den Sitz. Die Wagentür stand offen und ich streckte die Beine aus dem Auto und stütze den Ellenbogen auf das Lenkrad, um die Hupe noch ein paarmal kurz anzutippen. Es war windstill, doch über dem Hochplateau jagten die Wolken. In sanften, geschwungenen Linien stieg es diesseits des Flusses, der hier durch das Weideland floss, aus der Ebene. Nach der ersten Steigung, das wusste ich, wurde es wieder flach, bis man die Brücke und dann den steilen Anstieg zum Plateau erreichte.

Irgendwo hinter mir hörte ich eine Tür schlagen. Das gedämpfte Rauschen des Flusses drang durch die Windstille herüber, und ich wandte meinen Blick von der Bergkette, drehte mich um und schaute am Auto vorbei nach hinten. Ein junger Kerl kam hinter der Scheune hervor. Er war blond, sein Haar war oben auf dem Kopf etwas spärlich, und er war nur im Hemd. Jetzt kam er herüber und lief auf die Fahrerseite meines Wagens zu.

— Brauchen Sie Benzin?, fragte er.

— Mach den Tank voll, sagte ich, er ging wieder um den Wagen herum, und dann hörte ich ihn mit dem Kettenschloss am Tankdeckel klappern. Ich drehte mich zu ihm, öffnete die Tür und sah zu, wie er das Benzin einfüllte.

— Wie weit ist es noch nach Blönduós?, fragte ich den Jungen, nur, um etwas zu sagen. Er nahm den Stutzen in die andere Hand.

— Zwei Stunden, sagte er und schaute auf meine Lippen, ich wusste genau, dass sie schlimm aussahen und konnte froh sein, wenn er nicht glaubte, ich hätte das Auto gestohlen. Im Spiegel über der Windschutzscheibe hatte ich gesehen, dass ein Ohr wie auch mein Gesicht um die Augen dick angeschwollen waren, und die Lippen waren aufgeplatzt und unförmig. Mir war klar, wie verdächtig ihm das vorkommen musste, dass jemand derart zugerichtet mitten in der Nacht draußen auf dem Land unterwegs war.

— Ich bin auf dem Weg nach Hause, sagte ich, um die Sache zu erklären.

— Jaja, sagte er, ohne mir zu glauben.

— Bist du von hier?, fragte ich.

— Ich bin aus dem Westen, erwiderte er.

— Und du hast niemals Heimweh?

— Ich fahr ab und zu hin, sagte er und wechselte wieder die Hand. Der Tank war fast voll. Noch einmal nahm er den Stutzen von der einen Hand in die andere, und als der Zeiger fünfundfünfzig Liter anzeigte, sagte ich ihm, ich hätte genug. Er fragte, ob ich reinkommen wollte, wegen der Quittung.

— Ich brauch' keine Quittung.

— Ich muss sowieso eine ausstellen, sagte er.

— Hier ist das Geld.

— Ich springe nur schnell rein, Kleingeld holen.

— Der Rest ist für dich.

Er schaute verwundert. Es war nicht üblich, Leuten, die einen an der Tankstelle bedienten, Trinkgeld zu geben.

— Der Rest ist für dich, weil der Wagen das gerne so möchte, sagte ich. Das ist von meinem Auto für dich, verstehst du?

— Ich bin sofort mit dem Wechselgeld wieder da.

— Wir wollen kein Wechselgeld. Und jetzt gönnst du dir einen Drink, damit du besser schläfst, sagte ich und angelte erneut nach der Flasche.

— Nein, vielen Dank.

— Dann eben nicht.

— Kommen Sie von weit?

— Aus Reykjavík.
— Und wollen weiter nach Norden?
— Nach Skagafjörður.
— Ich kann Ihnen hier eine Übernachtung anbieten.
— Nein, überhaupt nicht nötig, mein Lieber.
— Sie sind müde, sagte er.
— Auf dem Weg nach Hause ist man nicht müde.
— In Ihrem Zustand sollten Sie aber nicht Auto fahren.
— Mein Zustand ist ausgezeichnet.
— Wie Sie wollen.
— Gute Nacht.
— Gute Nacht.

Ich schlug die Autotür zu, setzte mich am Steuer zurecht und rollte vom Scheunenvorplatz, dann ließ ich den Motor kommen, fuhr die schräge Auffahrt hinunter und steuerte langsam den Feldweg entlang bis nach vorne zur Straße. Falls er mir hinterherschaute, sollte er nicht sehen, wie schnell ich fuhr. Erst als ich die Anhöhe hinter mir hatte, gab ich Gas.

Hier oben am Abhang, bevor man über die Spalte hinunter ins Flachland und zur Brücke kommt, hatten wir, Guðmundur und ich, einmal im Vorfrühling bei Frost und Schneesturm festgesessen. Die Autos waren neu und hatten noch keine zusätzlichen Gewichte, und das Kühlsystem war so mangelhaft, dass das Kühlwasser im Leerlauf sofort gefror, während wir mit den Schneeketten kämpften. Da sie zu lang waren, liefen wir hinunter nach Fornihvammur, um sie zu kürzen, und dort hockten wir im nasskalten Eingang, während wir an den Ketten herumschraubten, um sie dann wieder aufzuziehen und die Fahrt über die Hochebene fortzusetzen – in Autos, die so leicht waren, als hätten die Reifen überhaupt keinen Widerstand.

Ich fuhr über die Brücke und erreichte den Rand des Plateaus. Die Straße war steil, und ich kam nur langsam voran.

An einem solchen Abhang hatte ich einmal, an einem Aprilmorgen vor vielen Jahren, zwei Stunden lang in einem alten Schneefahrzeug festgesessen. Damals waren wir querfeldein gefahren und nicht der Straße gefolgt. Die Jungs hatten sich mächtig aufgeblasen, was dieses Gefährt alles konnte, aber ich, gerade sechzehn Jahre alt und mit einer hundertsechzig Pfund schweren Dame auf den Knien, konnte der modernen Technik wenig abgewinnen, über die sie sich kaum einkriegten, während wir uns durch das undurchdringliche Schneegestöber pflügten.

Als das Gelände ebener wurde, gab ich wieder Gas, und bis kurz vor der Schutzhütte oben auf der Hochebene gab es keine weiteren Steigungen. Die Flasche war fast leer, ich nahm noch einen Schluck und klemmte sie zwischen die Vordersitze. Wie ich erwartet hatte, war Sturm aufgekommen. Auf einmal sah ich unter mir den Hrútafjörður liegen und ich hielt an, nahm den letzten Schluck aus der Flasche und warf sie weg. Über dem Fjord war es windstill, und draußen über dem Meer war die Wolkendecke aufgerissen, ein rötlich gerändertes Auge, durch das man ein Stückchen Himmel leuchten sah. Ich steckte mir eine Zigarette an und gab wieder Gas, den Abhang hinunter, so schnell die Reifen es erlaubten, und war waghalsig genug, den Motor hochzujagen und den Wagen laufen zu lassen und in voller Fahrt die Grunnavatnshæðir hinunter zu schießen, linker Hand die zerzauste Oberfläche des Holtavörðuvatn, die bald wieder verschwand. Ich dachte an das Auto, während ich weiterraste, über die Hrútafjarðará-Brücke, den Bergkamm zwischen den Wasserläufen, dann über den anderen Flussarm und in die kahlen Schotterfelder hinein.

Es war ein harter Winter gewesen, die Hochlandstraßen waren

dick verschneit, und die Jungs, die auf Überlandfahrt mussten, fuhren in schweren britischen Armeefahrzeugen über das Hochland. Trotzdem war es mühsam, und die Fahrer mussten immer wieder aussteigen, um sich mit den Füßen eine Spur durch den Schnee zu trampeln. Wir sahen sie durch die vereisten Scheiben, vornüber gebeugt in ihren Windjacken, wie sie die Reifen freihackten, damit sie sich nicht im Schnee festfraßen, wobei einer von beiden Fahrern draußen auf dem hart gefrorenen Eis im Schneesturm stand und interessiert zuschaute, während der andere sich mit dem Auto abquälte. Auf diesen Fahrten wurde man ziemlich durchgeschüttelt, und vielen von uns wurde übel und sie kotzten auf das Auspuffrohr, das innen über dem Wagenboden verlief, um den Fahrgastraum anzuheizen.

Ich ließ den Hrútafjörður hinter mir und fuhr über den Gebirgssattel, und dann sah ich die Strandafjöll, blau und fern und steil ragten sie aus dem Meer, und eine tief hängende Wolkenschicht hatte ihnen die Gipfel abgeschnitten. Als wir aus dem Línakradalur hinausfuhren, kam die Müdigkeit; vor mir lagen die braunen Bergrücken von Víðidalur, die Straße zog sich endlos dahin und auch die Bergkämme nahmen kein Ende; Geröllfelder und Heidelandschaft wechselten sich ab, dann kam wieder sumpfiges Flachland. Ich sah die Pferde der hiesigen Bauern, manchmal standen sie direkt an der Straße. Es gab viele Braune und Füchse. Ich war müde.

Es war kurz bevor wir uns geprügelt hatten. Wir waren hinüber in die Bar gegangen, um nicht vor den Augen der anderen Taxifahrer zu trinken. Das neue Frollein kam mit den Drinks, und ich zog die Flasche heraus und goss noch mal nach. Dem Frollein gefiel das gar nicht.

— Das trinkt ihr aber nicht hier drinnen, sagte sie.

— Du bist vielleicht ne komische Marke, sagte Guðmundur. Wir waren beide schon ziemlich angetrunken.

— Ich hab nur gesagt, hier drinnen wird nicht nachgeschenkt, sagte sie.

— Woher bist du?, fragte ich.

— Vom Húnavatn.

— Das kann nicht sein.

— Und warum nicht?

— Leute vom Húnavatn schmeißen einen nicht wegen Brennivín raus.

— Ist mir vollkommen egal. So sind die Regeln.

— Zur Hölle mit den Regeln, sagte Guðmundur.

— Ich ruf die Polizei, sagte sie.

— Tu das, und deine Vorfahren werden sich im Grab rumdrehen.

— Das werd ich auch, und zwar umgehend, sobald ihr was dazugießt.

— Mögen dreißig geile Deckhengste nach dir wiehern!

— Das würde die Regeln auch nicht ändern.

— Du machst dem Húnavatn alle Ehre, sagte ich.

— Sie ist nicht vom verdammten Húnavatn, sagte Guðmundur.

— Ihr wisst genauso gut wie ich, dass ihr hier nicht nachschenken dürft, wiederholte sie. Wir gingen zurück zum Parkplatz. Das Frollein stammte hier aus der Gegend, und sie war ein echtes Prachtstück.

Ich war unendlich müde und sah nichts mehr von der Landschaft, durch die ich fuhr, und bevor ich mich versah, war ich in Blönduós. Die Tankanzeige versicherte, dass ich noch genug Benzin hatte. Ich hielt vor dem Hotel und stieg aus dem Wagen; bis auf das Geschrei der Möwen über der Flussmündung war nichts zu hören, und der heraufziehende Morgen lag schon in der Luft. Ich fuhr weiter, an der Bäckerei vorbei, dann bog ich nach Süden ab und folgte dem Fluss. Das Auto tuckerte über den baufälligen Steg, dann kam wieder Schotterpiste. Mittlerweile verstanden wir uns sehr gut, nach dem langen gemeinsamen Weg, und soweit ich hörte, klapperte der Wagen fast überhaupt nicht mehr. Er war mir ans Herz gewachsen, denn er hatte treu zu mir gehalten, so als wollte er unsere nächtliche Überlandfahrt so reibungslos wie möglich vonstatten gehen lassen. Nun war es nicht mehr weit bis nach Hause. Langidalur, dann die Biegung, vorbei an Bólstaðarhlíð und über die Schlucht, und dann wären wir da.

Ich steckte mir eine Zigarette an, es tat weh, als ich sie mir in den Mund schob, und die Schlägerei stand wieder vor meinen Augen. Ich konnte mich nicht mehr erinnern, weshalb wir angefangen hatten über Gógó zu reden. Es hatte ganz harmlos angefangen; ob ich sie kürzlich gesehen hätte … und sowas; und dass ich sie besser nicht mehr treffen sollte … warum denn …; weil sie mit den Amis herumhinge … und was ihn das anginge …; dass sie eine Hure wäre. Ich hatte gesagt, er solle den Mund halten, doch das hatte er nicht getan, sondern weitergeredet, bis ich irgendwann zugeschlagen hatte. Es war eine widerliche Schlägerei gewesen, von Anfang an, und dann zu sehen, wie Guðmundur wegging, und nicht aufstehen können, um ihn zu bitten, den Streit zu beenden.

Ich fuhr aus dem Langidalur heraus, dann kam die Abzweigung. Unter mir floss die Svartá in großen Schleifen, und inzwischen dämmerte der Morgen herauf. Genau genommen sah man den Morgen gar nicht kommen, weil auch die Nacht fast taghell war. Ihre Ränder waren nicht schwarz, so wie im Winter, wenn der Morgen eine scharfe Grenze zog, sondern von einem milchigen Hellgrau, dass dann in leuchtend weißes Tageslicht überging. Wir kamen an die Brücke bei Bólstaðarhlíð, fuhren den Hang hinauf und bogen ins Þverárdalur ab, nahmen die Schleife im zweiten Gang, schalteten dann oben auf der Anhöhe in den ersten und erledigten das alles mit Bravour. Auf der Brücke hatte ich dem Motor tüchtig eingeheizt, dann waren wir den Hang hinaufgerast und hatten den höchsten Punkt der Passstraße genau in dem Moment erreicht, als der Morgen sich über das Land legte. Das Wasser dort unten, die Berge von Blönduhlíð, der Hólmur und das Meer und die Inseln strahlten in hellen, klaren Farben, und dann gab ich Gas und schoss die Steilstraße hinunter. Auf dem Meer blitzte silbrige Brandung, so hell, dass ich für einen Moment geblendet war. Etwas weiter unten erhob sich die Bergkette von Sæmundarhlíð, und über dem Gýgjarfoss schwebte ein kleiner, weißer Dunstfetzen. Die Hänge lagen grün und saftig im Morgenlicht, und mir fiel ein, dass es am Hochgebirgssee auf dem Bergrücken südlich von Staðaröxl Eistaucher geben sollte. Dann passierten wir Arnarstapi, und hier unterhalb war die Straße offensichtlich frisch geschottert. Ich wusste, was für ein Tempo wir fuhren und versuchte zu bremsen, als sich plötzlich alles um sich selbst drehte und es mir das Steuer aus den Händen riss. Ich sah die Straße ein paarmal direkt unter mir und versuchte, mich abzustemmen und Halt zu finden. Dann wurde es dunkel.

Es ist nicht mehr dunkel, und ich sehe, es ist noch immer Morgen. Ich habe keine Schmerzen, und es ist seltsam, so in der Luft zu hängen, mit dem Kopf nach unten über dem Straßengraben, und den Mælifellshnjúkur und die Hamraheiði und die Goðdalakista aus dem Himmel herunterragen zu sehen. Wahrscheinlich bin ich betäubt von dem Aufprall und es ist nur gut, nichts zu spüren. Ich versuche, den Kopf zu heben, aber ich kann nicht. Deswegen sehe ich auch nicht, was oben auf der Straße los ist. Sicher ist der Wagen ziemlich demoliert. Vielleicht liegt er auf mir, auch wenn ich davon nichts spüre. Irgendetwas Warmes rinnt über mich, es quillt am Hals hervor und sickert in die Haare am Nacken. Jetzt scheint die Sonne auf die Ostflanke des Mælifellshnjúkur. Man erzählt sich, dass ein weißes Pferd in diesem Berg haust, sobald im Frühjahr die Schneeschmelze einsetzt. Etwas rinnt noch immer, und es ist nicht schön, so zu warten. Zurzeit ist das Schneepferd gewiss nicht dort im Berg. In meinem Nacken rinnt es immer weiter, und niemand kommt. Es ist wohl noch zu früh am Morgen. Jetzt wird es dunkel; es war großartig, die Berge zu sehen und es ist nicht schön, im Dunkeln zu warten. Aber es ist zu ertragen, denn ich weiß, der Mælifellshnjúkur ist ganz nah und wartet mit mir.

ELF

In der Zentrale war schon seit dem frühen Morgen Betrieb, und die Ersten übernahmen die Kunden, die Busse oder Flugzeuge oder Schiffe erreichen mussten. Aus dem Lautsprecher tönte eine Durchsage nach der anderen, und es hockten nie viele Fahrer gleichzeitig im Warteraum. Die meisten kamen aber zwischen elf und zwölf, und als Guðmundur über den Platz fuhr und in die Straße einbog, war der Parkplatz ziemlich voll. Er parkte auf dem Gehsteig vor der Bar, es war ein warmer, strahlend sonniger Tag, als er aus dem grellen Licht durch die geöffnete Tür nach drinnen kam. Durch seine getönte Brille sah er die Männer, wie sie in karierten Hemden oder leichten Jacken auf den Barhockern saßen, die Füße auf den ringförmigen Querstreben aufgestützt, und ihm den Rücken zukehrten. Ihre ledernen Geldbörsen hingen an Gurten um ihre Hüften, und sie beugten die Köpfe tief über ihre Teller. Am Ende der Theke waren noch freie Plätze.

Er ging hinter ihnen vorbei, über die verdreckten Gummimatten, während sein Kopf im Spiegel gegenüber vor ihren Gesichtern auf gleicher Höhe mitwanderte. Er setzte sich, und das neue Frollein fragte ihn, was er essen wolle. Die Männer saßen in einer Reihe an der spiegelverkleideten Längswand. Sie hatten gute Gesichter, so als trügen sie die Straße in sich, mit allem Hässlichen daran und mit dem was schön war; alte, milde Gesichter bei denen, die viel gesehen hatten, junge Gesichter, die darauf warteten, alles zu erfahren, und Gesichter, die verschlossen und teilnahmslos wirkten. Er aß schnell. Róbert beobachtete ihn im Spiegel. Die großen Brillengläser verdeckten seine Augen, aber nicht die aufgeplatzte Unterlippe und das geschwollene Kinn. Róbert wusste, dass niemand ihm von Ragnars Verschwinden erzählt hatte. Als Guðmundur mit dem Essen fertig war, überquerte er die Straße und ging zwischen den Autos hindurch in die Station hinüber. Er hängte seine Nummer auf. Er war noch lange nicht dran, also nahm er sich eine Zeitung mit hinaus und setzte sich damit auf das Mäuerchen oberhalb der Zentrale. Er rechnete damit, dass Ragnar jede Minute kommen würde und hoffte, er wäre nicht mehr wütend. Es war eine idiotische Schlägerei gewesen. Gegenüber kam Róbert aus der Bar und lief zwischen den Taxis auf Guðmundur zu.

— Ragnar ist in Richtung Norden gefahren, sagte Róbert.

Zwei Männer waren am Nordende des Parkplatzes beim Autowaschen. Sie tauchten ihre Bürsten in die Wassereimer und zogen sie tropfnass über das Blech. Nach dem Regen war der Parkplatz trocken und sauber.

— Ragnar ist heute Nacht gefahren, sagte Róbert. Guðmundur schien tief in seine Zeitung versunken, und Róbert verschwand im Warteraum. Er hörte das Spritzen der Seifenlauge, legte die Zeitung weg und sah zu den Taxis hinüber, die auf dem blanken

Asphalt aufgereiht parkten, an diesem unbarmherzigen, grellen und belanglosen Tag. Dann setzte er sich wieder nach drinnen, und dort gab es nichts zu tun als zu warten, bis seine Nummer an die Reihe kam. Die Luft im Warteraum war stickig, und irgendwo stritten sich ein paar der Jungs darüber, ob man die Heizkörper runterdrehen solle. Neue Fahrten kamen nur selten herein, und auf dem Platz sammelten sich immer mehr Taxis. Guðmundur holte das Schachbrett hervor und versuchte, die Schachaufgaben zu lösen, die er auf einem Zeitungsfetzen auf dem Tisch entdeckt hatte. Das Schachspiel war lange nicht in Gebrauch gewesen, es war eingestaubt und die Figuren hinterließen auf dem Brett runde Abdrücke. Noch vor drei bekam er zwei kurze Fahrten, und dazwischen knobelte er weiter an seinen Schachrätseln. Nach der zweiten Tour ging er direkt in die Bar und trank einen Kaffee, und das Frollein war sehr nachsichtig mit ihm. Sie hatte von der Schlägerei gehört und ihm seine Frechheiten verziehen. Als er aus der Bar kam, widmete er sich wieder seinem Schach. Die anderen redeten kaum mit ihm, und ein paar warteten auf Ragnar und nahmen an, dass er später kommen würde. Andere spielten Bridge, standen an der Wand oder saßen auf den Bänken, und draußen bezog es sich. Immer mehr Wolken schoben sich vor die Sonne, und einige sagten für den Abend Regen voraus. Hundertundzwölf in die Laxagata zehn, rief das Mädel in den Lautsprecher. Es vergingen ein paar Minuten, und dann hieß es, Hundertachtunddreißig ab Station.

— Wenig zu tun, sagte Eiríkur.

— Ich hör bald hier auf, sagte Hæi.

— Man redet immer vom Aufhören und denkt auch ernsthaft drüber nach, aber dann hört man doch nicht auf, sagte Eiríkur.

— Ich krieg Arbeit an der Tankstelle, sagte Hæi.

— Jaja, murmelte Eiríkur.

— Mein Onkel ist im Ölgeschäft, erklärte er.

— Ich hätt auch gern nen Onkel in irgendeinem weiß-der-Teufel-was-Geschäft, sagte Eiríkur.

Die Bridgerunde machte Lärm, draußen war der letzte Sonnenstrahl verschwunden, und der Himmel hatte sich vollständig zugezogen. Achtundsechzig *bittesehr* ans Telefon, sagte das Mädel durch den Lautsprecher. Guðmundur stand auf. Auf dem Schachbrett standen ein König, ein Springer und ein Turm, die Aufgabe lautete *Matt in drei Zügen*, aber er hatte immer mindestens vier Züge gebraucht. Er ging nach vorne zum Empfang. Das Mädel saß hinter der Glasscheibe, und das Mikrofon verdeckte halb ihr Gesicht.

— Wer will mich sprechen?, fragte er.

— Eine Frau, die nach Ragnar gefragt hatte. Und weil der ja nicht in der Stadt ist, will sie dich sprechen.

— Wer sagt, dass Ragnar nicht in der Stadt ist?

— Die Jungs, sagte sie.

— Sag der Frau, ich bin nicht da.

— Ich hab ihr aber schon gesagt, dass du da bist.

— Das ist nicht mein Problem.

— Nein, Guðmundur. Du kannst mich doch jetzt nicht lächerlich machen, sagte sie. Sie kaute auf einem Kaugummi herum und machte eine Blase, die sie abwechselnd ansaugte und aufblähte.

— Dann schalt mich rüber, sagte er und ging zum öffentlichen Fernsprecher. Er wusste genau, dass es Guðríður war, und nahm den Hörer von der Gabel.

Die Zelle hatte kein Fenster, und man hatte sich auch nicht die Mühe gemacht, eine anständige Belüftung einzubauen.

— Hallo, sagte er.

— Spreche ich mit Guðmundur? Die Stimme der Frau klang ruhig, doch er hörte, dass das nur gespielt war und sie sich größte Mühe geben musste, damit ihre Worte nichts anderes verrieten.

— Ja, sagte Guðmundur.

— Hier ist Guðríður Faxen. Guten Abend, sagte die Frau.

— Ja.

— Haben Sie was von Ragnar gehört?

— Nein.

— Ich muss ihn sehen.

— Das geht mich nichts an.

— Sind Sie nicht sein Freund?

— Das geht Sie nichts an.

— Würden Sie herkommen und mit mir reden?

— Nein.

— Ich bezahle auch die Fahrt.

— Es gibt so Manches, das Sie nicht mit Geld kaufen können.

— Das ist mir gleichgültig. Sie können mich nicht beleidigen, und ich muss mit Ihnen reden.

— Auf so ein hysterisches Getue antworte ich nicht.

— Wenn Sie sein Freund sind …

— Sie brauchen mich nicht ständig daran zu erinnern.

— Dann kommen Sie.

— Und was ist das, worüber Sie nicht auch am Telefon sprechen können?

— Es ist besser, Sie kommen her.

Er hängte auf und verließ die Zelle, ging durch den Aufenthaltsraum hinaus auf den Vorplatz. Du konntest mit jemandem befreundet sein und mit ihm Vögel schießen gehen, aber du würdest doch deswegen keine Pflichten übernehmen, die sonst Pfarrern vorbehalten sind. Er fluchte, aber seine Worte gingen im Aufheulen des Motors unter, während er vom Parkplatz rollte. Er fuhr unten am Hafen entlang, denselben Weg, den sie zusammen gefahren waren, als Ragnar ihr die Gänse gebracht hatte. Das war sehr anständig von ihm gewesen, und ein lustiger Einfall. Damals war Frühling, und im Mai passierten die merkwürdigsten Dinge. Der Junge war glücklich gewesen und deswegen war es unnötig, ihm von den Wochenenden zu erzählen. Aber verschweigen konnte er es ebenso wenig, nachdem alle um ihn herum Bescheid wussten. Und deshalb war es am besten gewesen, es ihm ins Gesicht zu sagen, jetzt, wo es fünf vor zwölf war, und sich seinem Schmerz zu stellen. Jetzt war es Juli, und er war all die Monate sehr glücklich gewesen, aber wenn man jung war, konnte das Leben grausam sein. Guðmundur hielt vor dem Geschäft. Durch die Schaufenster sah er die Leute ihre Einkäufe erledigen. Er stieg aus, ging am Haus entlang, durch die Haustür und hinauf in den ersten Stock. Er klingelte und sie öffnete sofort. Als er die Frau sah, konnte er nicht verstehen, warum Ragnar ihn geschlagen hatte. Egal, ob er die Sorte chauffierte oder sie nur zu Gesicht bekam, hinter endlosen, mit Teppich ausgelegten Fluren, samt Nussbaumholz und Whitewood und teuren Gemälden; solche Frauen waren nur für die, die bezahlen konnten. Sie waren nicht für Jungs, die nichts besaßen als ihr Herz und den blauen Sommerhimmel. Sie bat ihn herein. Es war eigentlich ziemlich merkwürdig, dass sie nach Ragnar fragte.

— Ich weiß gar nicht, wie ich anfangen soll, sagte sie.

— Da gibt es nichts anzufangen. Ich habe ihm gesagt, dass Sie an den Wochenenden einen Amerikaner bei sich haben. Sie müssen damit rechnen, dass Burschen wie er solche Dinge sehr ernst nehmen.

Ihre Augen verfinsterten sich, und sie bekam rote Flecken im Gesicht.

— Und Sie sind sein Freund, sagte sie.

— Die Jungs wussten alles, und ich wollte nicht, dass sie ihn damit aufziehen. Weil er Sie gern hat.

— Welche Jungs?

— Die in der Taxistation.

— Weder Sie noch Ihre Jungs können ihm etwas anhaben.

— Jetzt hören Sie doch.

— Und wann haben Sie es ihm erzählt?

— Gestern am späten Abend.

Sie lachte, doch er spürte ihre Bitterkeit, und das hörte sich nicht gut an, und auch ihre herablassende Art bereitete ihm Unbehagen.

— Er hat es gewusst, schon bevor Sie es ihm gesagt haben, sagte sie.

— Was meinen Sie?, fragte Guðmundur, und nahm sich einen Stuhl.

— Ich bin mir sicher, dass er am frühen Abend hier vor dem Haus war. Ich wurde sofort misstrauisch, und ich rief ihn an. Ich höre ihn noch sagen: Das war irgend ein anderes Auto. Und wie ich sagte: Nein, Ragnar. Das warst du, da hat er gesagt: Kann gar nicht sein. Ich bin vorhin erst in die Stadt gekommen und direkt zur Station gefahren. Aber ich weiß, dass er es war.

Guðmundur griff an seine Brille. Sie fühlte sich sehr schwer an und machte alles sehr dunkel.

— Aber warum haben Sie ihn dann betrogen?

Sie antwortete nicht. Dieser Mann würde ihr Leben nie verstehen: dass sie nun Ragnar liebte und Angst hatte, es könnte zu spät sein; dass sie jung geheiratet hatte und alles nur Pflichterfüllung gewesen war, tot und widerlich, und dann das Geld; dass sie das Glück bei denen gesucht hatte, die es verstanden, sie zu verwöhnen; und dass sie jetzt begriff, dass alles nichtig war, unerträglich, wertlos und nichtig; und wenn nur Ragnar endlich käme, damit sie noch einmal von vorne anfangen könnten. Sie war ans Fenster getreten und kehrte Guðmundur den Rücken zu. Jetzt drehte sie sich um und kam zu ihm herüber. Sie stand vor ihm und schaute auf seine gesprungene Unterlippe und das geschwollene Kinn. Sie wusste, dass das Ragnar gewesen war und dass er sich ihretwegen geprügelt hatte.

— Ich will zu ihm, sagte sie. — Sie müssen mir sagen, wo ich ihn finden kann.

— Ragnar ist in den Norden gefahren.

— Und wohin in den Norden?

— Ich werde mitkommen, sagte Guðmundur. Das hier hatte er nicht erwartet. Frauen wie Guðríður Faxen waren nicht so. Sie war auf einmal so menschlich, wie sie so vor ihm stand im Dämmerlicht seiner Sonnenbrille und darum bat, den Jungen suchen zu gehen. Trotz allem gab es also gute Tage, gute Gedanken, gute Menschen.

— Können wir sofort losfahren?, fragte sie.

— Wir fahren gleich Morgen früh.

— Warum nicht sofort?

— Lieber Morgen früh, sagte er und dachte an sein Gesicht und dass er sich vielleicht erholt hätte, bis sie ihn zu sehen bekam.

Als er nach draußen kam, hatte es angefangen zu regnen. Plötzlich fühlte er sich erleichtert und beschloss, den Wagen zum Ölwechsel zu bringen. Als er aus der Werkstatt kam, war es schon ziemlich spät. Er fuhr nach Hause, sah die Reifen nach, und danach ging er in die Bar und bestellte sich was zu Essen. Der Regen wurde stärker. Die Straßen würden am Morgen nass sein. Von der Bar ging er in die Station hinüber, und dort war trotz Regen wenig Betrieb. Er hängte seine Nummer an das Brett, setzte sich auf die Bank und nahm sich die Zeitungen vor. Jemand schaltete das Radio an, und Tanzmusik ertönte. Anschließend kamen die Kurzmitteilungen. Als die volle Stunde geschlagen hatte, wurden die Nachrichten verlesen. Im Ausland gab es nicht viel Neues. Er hörte, wie der Sprecher zu den Inlandsnachrichten kam und gleichgültig und unaufhaltsam vermeldete: … der Streckenabschnitt unterhalb von Arnarstapi war erst kürzlich neu geschottert worden, vermutlich hatte der Fahrer auf dem lockeren Untergrund die Kontrolle über sein Fahrzeug verloren; darauf hatte sich dieses wohl mehrfach überschlagen und war auf der Seite liegengeblieben, der Fahrer wurde hinausgeschleudert und unter seinem Wagen eingeklemmt. Es handelte sich um Ragnar Sigurðsson, einen Taxichauffeur aus Reykjavík. Als man die Unfallstelle erreichte, war er bereits tot.

Im Warteraum war es still. Der Radiosprecher verlas weitere Nachrichten, und jemand stand auf und schaltete das Radio aus. Hundertundvierzehn ab Station, tönte das Mädel aus dem Lautsprecher. Guðmundur saß noch immer mit der Zeitung in der Hand, die er gerade gelesen hatte. Hinter den getönten Gläsern waren seine Augen nicht zu sehen.

Óskar Árni Óskarsson unternimmt eine Fahrt durch Island, immer auf den Spuren seiner Familie, seiner lebenden und toten Verwandten. Ohne Pathos, in präziser, knapper Sprache wird deren Leben zu einem privaten und gleichzeitig typischen Bild isländischer Biographien verwoben.

»Ob er nun melancholisch, sarkastisch oder lustig ist:
Er kann auf gerademal ein paar Zeilen eine Stimmung hervorrufen,
die andere nicht einmal in einem ganzen Buch zustande bringen.«

Brynjólfur Thor Guðmundsson

112 Seiten, mit Abbildungen, ISBN 978-3-88747-252-8